U0555250

平凡如你我，

依旧可以在平淡无奇的岁月里，

惊艳了时光。

总有一天，
你会与这个世界的温柔撞个满怀，
你会发现，
最美的你不是生如夏花，
而是在时间的长河里，
波澜不惊。

你必须很努力，
才能看起来毫不费力

十三夜 / 著

文汇出版社

图书在版编目 (CIP) 数据

你必须很努力，才能看起来毫不费力 / 十三夜著
. — 上海：文汇出版社, 2018.6
ISBN 978-7-5496-2614-4

Ⅰ. ①你… Ⅱ. ①十… Ⅲ. ①随笔 - 作品集 - 中国 -
当代 Ⅳ. ① I267.1

中国版本图书馆 CIP 数据核字 (2018) 第 109068 号

你必须很努力，才能看起来毫不费力

著　　者 / 十三夜
责任编辑 / 戴　铮
装帧设计 / 末末设计室

出版发行 / **文匯**出版社
　　　　　上海市威海路 755 号
　　　　　（邮政编码：200041）

经　　销 / 全国新华书店
印　　制 / 三河市龙林印务有限公司
版　　次 / 2018 年 6 月第 1 版
印　　次 / 2018 年 6 月第 1 次印刷
开　　本 / 880×1230　1/32
字　　数 / 154 千字
印　　张 / 8

书　　号 / ISBN 978-7-5496-2614-4
定　　价 / 38.00 元

我自善良，且有锋芒

细数了一下时光，才发觉自己坚持写作已经整整七年了。这七年，从小镇姑娘到灵气作家，从热爱文字到签约出书，从自己圆梦到助人圆梦……

这并不是一个灰姑娘逆袭成为文化工作者的故事，也不是一个少女幻想的浪漫童话，它只是一个普通的姑娘在坚持写作这条道路上，用自己的情怀与笔触告诉你：平凡如你我，依旧可以在平淡无奇的岁月里，惊艳了时光。

也许，成长原就是这样，带着孤独的味道，一个人学会与自己相处。

一个人做饭给自己吃，一个人整理自己低落的心情，一个人独自倾听自己内心的声音，一个人来到一座陌生的城市开始艰难的生活……流过一些眼泪，铭记一些感动，慢慢地才会懂得，总有一段难熬的日子，只能自己一个人去走。

那些煎熬的瞬间，我们总以为自己挨不过去，总觉得时光绵长，等过了一场又一场以为生死未卜的劫，恍然间才知晓，青春原就是一场无知的奔忙，总会留下颠沛流离的伤。

我们倔强而又孤单地走着，蓦然回首，才发现，那些原以为痛起来会死掉的伤，终会被时间——抚平。

　　年轻的我们，又焦急又迷茫，善良且不会分辨险恶，直到遍体鳞伤，直到心灰意冷，吃了亏、受了苦，才会明白，不是所有善意都会被他人温柔相待。幸运的是，正因为坚持了这点小小的善意，我们柔软的心灵才会生出坚硬的盔甲，来抵御时间的伤。

　　岁月绵长，我们终将明白，心怀善意是没错的，但总要带点锋芒，那是我们对自己小小的保护，让心里那份简单温暖的善意得到片刻慰藉。于是，我在文字里，写尽生活的酸甜苦辣，也写尽努力与拼搏，唯愿读者在字里行间得到小小的温暖、小小的勇敢。也愿陌生的你，翻开这些文字，能够重寻内心深处最初的悸动。

　　且相信：总有一天，你会与这个世界的温柔撞个满怀，你会发现，最美的你不是生如夏花，而是在时间的长河里，波澜不惊。

2018 年 4 月 4 日，写于昆明

目 录
Contents

第一章

你吃的苦，都会成为你未来的路

第四章

最好的学习，就是努力提升自己

第五章

相信自己，可以过上更好的生活

第一章

你吃的苦，都会成为你未来的路

在那一刻，我忽然发现，这个世界终究还是充满善意、充满美好的。

你看，曾经那些令我觉得天崩地裂、哭得泣不成声的伤，在某个不经意的瞬间忽而就治愈了。

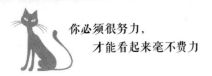
1. 你的善良，要有锋芒

1

电影《芳华》里有一句台词很能打动人心：

一个始终不被善待的人，最能识别善良。

电影讲述了20世纪七八十年代，文工团里一群正值芳华的少男少女，在成长的过程中，历经友情、爱情以及充满变数的人生命运的故事。

善良质朴、乐于助人的刘峰，出身卑微、遭人排挤的何小萍，两个人因为各自的人生变故离开了充满浪漫激情的文工团，卷入了战争中，在战场上绽放血染的芳华。

人生悲欢离合，只不过刹那芳华。

在那个时代车轮的碾压下，就连普通人的命运也变得坎坷、艰难——即便是想要保持内心的善良，也变得卑微不堪。

善良的人，终其一生都在诠释善良；不善的人，自始至终都在践踏善良。

电影里最动人的一幕，莫过于穿着病号服的何小萍在草坪上翩翩起舞。

她说："早就忘了该怎么跳了。"

但那一刻的她，却记得比谁都还清晰，那是她生命中唯一的一场独舞，是她对不可抗争的命运的反击，也是她对幸福的向往——残酷而凄美。

时光流逝，芳华飘零，褪不去的还是善良的底色。

"世上有朵美丽的花，那是青春吐露芳华，铮铮硬骨绽花开，滴滴鲜血染红它……"善良，才应是青春芳华的沃土。

2

选择善意，意味着要去承担善良，有勇气承担虑心，也会承担痛苦。

曾经，我也接受过一次关于善良的考验，但就是那一次考验，让我明白了一个道理：

这世间，不是所有人都值得你善良对待，特别是陌生人。

比如，当有一个自称香港人的年轻男子向你问路，你是帮还是不帮？

事情的经过很简单，一个自称香港人的年轻男子说他刚刚回内地，不熟悉路，于是向我问起了路，并让我陪他一起等来接他的朋友。

其间，他自称是来内地做金融投资的，要入住酒店，却因为外汇不能立即到账而向我寻求帮助，跟我借用信用卡办理入住手续，并承诺第二天就会给我汇款。

等过了四五天后，我依旧没有等到年轻男子的汇款，待反应过来的时候，金钱损失已经无法挽回。而自称有家族企业、做金融投资的他已经消失得无影无踪，无论是电话还是微信方式都已经联系不上。

出于内心的善良，我告知了他路怎么走；出于热心肠，我陪他一起等待来接他的朋友——但也是出于我的单纯善意，他骗取了我的信任并套现了我的信用卡。

在那期间，我还好心地问他什么时候回去，要给他带点土特产。

在那期间，他向我承诺，并跟我拉钩。

在那期间，他还安慰我，说别担心。

我不知道，他是怎样冒着良心的谴责说出那句"别担心"的，也不知道他是怎样做出那个善意的"拉钩"承诺。等一切事情慢慢梳理清楚的时候，恍然间，我才发现，自己的善意被陌生人利用，自己的同情心也被利用了。

所以，善良可以，但要带点锋芒。

你要记住：让善良成为点亮心灵的灯塔，而不是成为伤害自己的利器。

3

《断头王后》里说："所有命运赠送的礼物，都早已在暗中标好了价格。"

而我也相信，你的善良，终有回报。

有一条泰国公益广告曾经刷屏了朋友圈：

泰国的一条小街道上，小男孩因为母亲生病又无钱医治，偷偷拿了药店的药，被女店主发现并责骂。这时，旁边卖早点的大叔走过来，付完小男孩的药钱，还让女儿拿碗菜汤给他。

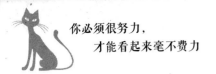

　　三十年后，大叔患上重病，被女儿送到医院。

　　几天后，大叔的女儿收到医药费账单：七十九万二千泰铢。但家里一贫如洗，她对着账单默默流泪。

　　主治医生把她叫到办公室，给了她另外一张医药费账单，账单上的总计却是："零"。账单后面写着："三十年前费用已付，三包止痛药，一碗菜汤。此致！"签名：Prajak Arunthong 医生。原来，主治医生就是当年偷药的小男孩。

　　是的，深入骨子里的善良是不求回报的，但善良总会在某一天馈赠你更多的情谊和重量。

4

　　严歌苓说："曾听过那么一句话，为何受罪的总是好人。坏人吃香喝辣的爽死，好人吃糠咽菜穷死；坏人得到人民币，好人得到大奖状。其实，做好人不是错，错就错在周围的人要求过度。"

　　是的，善良无错，错的是那些不懂善良还贪得无厌的人。那些人，利用你的善良欺骗你，利用你的同情心伤害你。然后，你的善良被践踏，你的付出被熟视无睹，你的在乎被耍得团团转。

善良的心，都特别柔软。

所以，你要学会分辨：看起来衣着得体的、说话彬彬有礼的、向你寻求帮助的，可能是个诈骗犯；看起来衣衫褴褛的、说话楚楚可怜的、向你寻求帮助的，也可能是个抢劫犯。

在做出善良的行为之前，你定要三思而后行。

列夫·托尔斯泰说：如果"善"有原因，它不再是善；如果"善"有它的结果，那也不能成为"善"，"善"是超乎因果联系的东西。

善良不易，但我们仍旧要选择善良——世界以痛吻我，我要报之以歌。

纵使有一天，芳华的逝去苍老了容颜也无法改变人性，但我依旧相信：善良和美好的德行才是人性的光辉，才能撑起我们内心的朴实无华。

愿你一生善良，一生被岁月温柔相待。

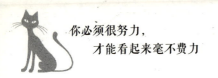
2. 不必害怕，每个人都有一段难熬的时光

1

电影《前任 3：再见前任》中有这样一段对话：

林佳："我们会像紫霞仙子和至尊宝那样分开吗？"

孟云："当然不会啊！"

林佳："可是如果你不要我了呢？"

孟云："那我就扮作至尊宝去最繁华的街道说一万遍我爱你。那如果你不要我了呢？"

林佳："那我就狂吃芒果，过敏而死。"

曾经孟云和林佳都以为对方会陪伴自己终老，但是造物弄人，他们的爱情败给了现实。自林佳提出分手后，那段看似平淡的时光大概是最艰难残忍的。但是，当你熬过所有辛苦就会等来清风和日出——就像孟云说的那样："紫霞离开至尊宝后，至尊宝才能真正成长为孙悟空。"

2

半年前，同事菲菲发烧了，看着她烧得通红的小脸，我递给她一盒退烧药，又倒了一杯温水让她服下，劝她下班后去医院诊治。

菲菲原本以为是感冒引起的发烧，下班后又去药店买了几盒药。可是熬了两天，她还是发低烧，我只好陪她到附近的诊所验血，结果显示各项指标正常。医生说持续低烧是因为炎症，就给她开了一些消炎药。

一个星期后，菲菲依旧低烧不退并伴随着腕关节疼痛，这时，她才意识到自己的健康出了状况。

周五，我请假陪她到市医院检查血常规，等待结果时，我听到护士叫她的名字，急忙跑过去询问情况。护士说，菲菲的血液检查有点异常，需要再抽一管复查。

我告诉菲菲情况时，她的眼睛立刻蒙上了一层薄雾。我宽慰她说："可能护士不小心打翻了你的血样，放心吧，不会有事的。"菲菲用力点了点头，可是她把我的手握得更紧了。

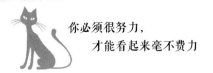
第二次血检结果出来了，我和菲菲盯着结果单半天说不出话来——她的白细胞异常地高。

医生不容分说带菲菲去血液科检查，经医生初步诊断，认为她得了慢粒性细胞白血病。

走出诊室，菲菲看到我的一瞬间泪雨滂沱，泣不成声。我清晰听到她哽咽地问："我是不是快要死了？"

我拍着她的肩膀，安慰她说一切都会好的，但是眼睛却格外酸痛，然后我们两个哭作一团。

菲菲辞职了，远在他乡的父母深夜赶来，陪她去省医院做检查。

半夜，我躺在床上辗转难眠，突然手机响铃，我赶忙按下了接听键。菲菲沙哑的声音透过听筒传来："我害怕……"接着是一阵啜泣声。她在电话里告诉了我确诊结果：急性淋巴细胞白血病。

这样的噩耗让人猝不及防，无论怎样的安慰都显得苍白无力。住院第五天，菲菲开始输液增强体质，为即将来临的化疗做准备。那几天，她几乎整天都呕吐，医生说这是化疗的副作用。

两天后，我和一众同事去医院看望菲菲，她清瘦了许多，但一双杏眼依旧流露出光彩。她说，生病的这几天，她想明白了许多事，或许是亲情、友情给予了她力量，总之，她不再恐惧病痛和心魔。

与病魔战斗是一件需要勇气的事，我相信菲菲一定能熬过这段艰苦的日子，挺过去也就好了。

3

你该如何度过那些难熬的日子？

《孤独的时候，不如吃茶去》的作者珍妮给出了答案。

珍妮是一名年轻的单亲妈妈，残酷的生活让她备感压力。她没有稳定的工作，交不起水电费，而刚出生的孩子先天肾功能不全，需要一大笔手术费。为了改变生活现状，她需要挣钱养活自己和孩子。

于是，她每天背着孩子，推着一辆小推车沿街售卖自制的花草茶，直到在街角开了一家小茶馆。为了让生意越来越红火，她将祖母的传统花茶配方加以改进，开发了一系列全新花茶，受到了广大顾客的喜爱，最终成为少数年销售额突破百万元的女企业家之一。

对于珍妮来说，离婚、被社区追讨物业费、银行卡仅

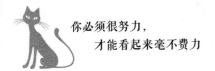

有十美元存款、独身一人抚养儿子的那段日子一定糟糕透了。但是，正因痛苦，她才有了改变命运的决心和勇气。

当你对未来心生畏惧时，你一定要相信：只有历经孤独的黑夜，才能迎来第二天的暖阳。每个人都可能度过一段难熬的时光，你不必害怕，因为痛苦意味着改变。

3. 那些令你感到天崩地裂的事，总有一天会云淡风轻

1

朋友在微信上发给我一张照片，是我的初恋和一个漂亮女人的结婚照。朋友说："真没想到，他已经结婚了！"我故作镇定，编辑好信息点击发送："他开心就好！"

放下手机，我深吸一口气。看到照片的一瞬间，回想起了关于初恋的点点滴滴——明明知道那时候的幸福只是一场美梦，可我却沉醉其中。

遇见他之前，我从不相信一见钟情，但当我看着他微

笑的脸，我竟天真地想跟眼前这个人共度一生！遗憾的是，工作两年后为了发展事业，他决定娶领导的女儿。

回想起他离开的那个夜晚，我呆坐在空荡荡的客厅，将一瓶啤酒一饮而尽，哭着昏睡了过去。

次日清醒后，我对自己说："阿夜，我希望你以后不再为任何一个男人流泪。"

你是否也有这样的感受？在遇到一些挫折时，认为自己可能要花很长时间才能释怀。事实上，这些磨难远没有你想象的那么痛苦。

晚上去朋友家里蹭饭，她炸了一盘土豆条，我胃口大开，多吃了一碗饭。说来也奇怪，饭后洗餐具的时候手指被菜刀割破了，流了好多血，当时心里挺想哭的，可不知道为什么就是流不出一滴眼泪。

不管你信不信，看到初恋结婚照的一瞬间，我觉得自己以后再也不会爱上谁了。感情就是这样，一旦你爱上了谁，就会一下子变得没有底气，无论你在别人面前多么优秀，在爱人面前也会自惭形秽。

人们总是以为跨不过一些坎儿，比如被爱人背叛，跟闺密翻脸，同事在领导面前说你的坏话……那些令你瞬间心灰意冷的人和事，你以为自己永远也跨不过去，但时间

却是治愈一切疼痛的良药，再大的伤口它都会替你一一抚平。你终会发现，岁月还是将你温柔以待。

2

生活中，我可能还会做出一些任性的选择。有一天我觉得心里很烦闷，独自一人走在街头，看着车水马龙，我决定要酣畅淋漓地跳一场舞。然后，我来到一家叫"桃花岛"的酒吧，点了一杯鸡尾酒，一饮而尽。

我看着舞池中央的年轻人跳得很嗨，自己却不敢上去。环顾四周，看到两个跟我差不多年纪的男人在喝啤酒，我也不知道哪里来的勇气，冲过去跟那个双眼皮、大眼睛的帅哥要了一瓶啤酒，几口喝完。

坐在我对面的姑娘看我喝得不尽兴，又给我递了两瓶啤酒。酒至微醺，我冲上舞池，不顾旁人的目光，跟着节奏旋转跳跃。

那样疯狂的时刻，我想这辈子都不会再有第二次了。

上个月，我迎来了自己二十三岁的生日，收到了一份意外的礼物——一个大蛋糕和一张祝福卡片。卡片上写着：希望你以后好好爱惜自己。落款竟是那天在酒吧认识的帅哥的名字。

在那一刻，我忽然发现，这个世界终究还是充满善意、充满美好的。你看，曾经那些令我觉得天崩地裂、哭得泣不成声的事情，在某个不经意的瞬间忽而就治愈了。

年少的时候，我以为成长就是年龄长了一岁又一岁。直到经历了那些让人绝望、心碎的事情，一饮而尽最烈的酒，懂得照顾好自己，放弃一个不爱自己的人——那一刻，我才觉得自己真正长大了。

你终会发现，那些令你感到天崩地裂的事，总有一天会变得云淡风轻。

4. 有些辛苦的路你只能一个人走

1

上大学的那一年，父母没有送我到学校，只是在离家

的那一刻，我坐在大巴车上看到母亲转身抹了一把脸。

车开得飞快，我没有看清母亲的脸，但我知道，那一刻母亲落泪了。当时由于家庭条件比较拮据，所以不能像其他同学一样买机票飞到省城，只能挤在卧铺车里，除了要忍受十几个小时的长途，还要忍受车里令人作呕的烟味、脚臭味……

一路颠簸，一个人远赴异乡求学，年龄小加上没有父母的陪伴，心里难免会生出许多酸楚，眼泪就忍不住在眼眶里打转。那时候，我总是在想：自己什么时候才能大学毕业，然后工作挣钱，替父母分担一些辛苦，可以用自己挣的钱买机票去任何想去的地方，享受那种干净、整洁的环境。

或许是那时的我想要改变现状的情绪太过泛滥，以致现在依然拼命地想要追求更好的生活。

东野圭吾在《解忧杂货店》里说："虽然迄今为止的道路绝非一片坦途，但想到正因为活着才有机会感受到痛楚，我就成功克服了种种困难。"人们都害怕辛苦，害怕生活的不舒服，但是现实生活中总有一些辛苦你不得不体会，你会遇见超乎想象的挫折，但你一定要学会去克服。

2

哪怕时隔多年，那件事我依旧觉得历历在目……

当时我正在听舍友讲笑话，几个人笑得花枝乱颤。就在这时，手机响起来，接通堂姐电话的那一刻，我的笑容渐渐僵硬，心脏瞬间冰凉。

"阿夜，你妹妹已经被你妈和姑姑送去精神病院了！"

"精神病院？姐，你是不是在开玩笑？"

"没错，就是精神病院。医生来的时候，小妹已经开始胡言乱语了！"

那时我还不曾知晓，妹妹的命运自此变得支离破碎，所有的美好都停留在了她十五岁的那一年。此后，她的生命里只剩下无穷的孤寂和白色的药片。

妹妹比我小三岁，小时候，叔叔阿姨总说我们看起来像双胞胎。事实上，妹妹长得比我好看，水灵灵的，特别可爱。谁曾想到，她会患上精神病，自此一病就是好多年。

时至今日，我都记得在精神病院陪伴她的那段日子。那时候，她的病情很严重，脾气暴躁的时候她经常跟其他

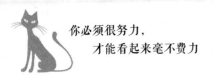

病人打架。看热闹的人总是嘲讽一句："你看那边，两个疯子在打架呢。"

每每听到这样的声音，我就觉得心如刀割。

有一段时间，妹妹经常晚上不睡觉，在病房里大哭大闹。无奈之下，护士只好给她打镇静剂。

我去看望她时，总能看到她手臂、小腿上的淤青，那是她跟其他病人打架时留下的。妹妹精神状态最差的时候被医生隔离了起来，不让她与其他人接触。

那天她看了我一眼，微笑着转过身去。医生对我说，家属可以离开了。我转过身的那一刻，才惊觉自己早已泪流满面。

3

自妹妹被送去精神病院后，我总是彻夜失眠，好不容易睡着了，就会梦见小时候我们一起玩耍的情景：

我们穿着花裙子在院子里嬉笑，她追着我跑，用火钳把我的裙子烫出了一个洞。我生气了，就追着她满院子跑，她一着急竟然跌了一跤，然后就哭哭啼啼地向母亲告状："妈妈，姐姐推我！"

看着她撒娇、冤枉我的模样，我哭笑不得，跟母亲一起给她换下跌脏的裙子。

其实，很长一段时间我都不敢睡觉，害怕梦见她，梦见我们小时候的光景。醒来时，我的枕巾总是湿了一大片。天知道那些日子我是怎么熬过来的，一听到关于她的消息，我就心如刀割，泣不成声。

看到妹妹胡言乱语的那个瞬间，我突然明白：在亲人面前，工作、爱情、友情上的失败，都是一些不值一提的小事。

心痛的时候我就开始写作，用文字描绘出我想象的世界。在创作的世界里，我总是能够忘记疼痛——可悲哀的是，我能给故事里的女主角写一个完美的结局，却不能改写妹妹的人生。

现实之所以残酷，就是因为它从来由不得你想怎样就怎样。

妹妹在精神病院治疗了好几年，等她精神状态恢复得差不多的时候，我已经大学毕业了。

虽然我与其他人的生活状态没什么不同，但总觉得有什么地方不一样，就像心被撕开了一个口子，不管用多少

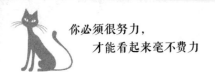
美好来填充都填不满。因为有些伤口一旦造成，不是时间能治愈的，不是想释怀就能释怀的。

后来有书友问我："阿夜，你写的故事是真实的吗？"

我回复："几分真，几分虚。其实，比故事还要真的是生活本身，是我们每个人都要去走的路。"

在没有走这条路之前，没有人知道那条路是痛苦的还是快乐的，是平坦的还是曲折的，可是我们不能因为害怕就放弃。成长就是这样，你在经历了一次次的挫折和痛苦后，就在浑然不觉中成大了。

你已经走了很长的路，再辛苦，再不容易，你也要一个人走下去——只要走下去，你就会到达美好的明天。

5. 没吃过穷的苦，你凭什么说钱不重要

1

九岁那年，父母要外出打工，我和妹妹成了留守儿童。

不得已之下，父母把我们俩送到镇上跟大伯、爷爷奶奶一起生活。

当时大伯是镇高中的副校长，利用他的人际关系，我和妹妹转去了镇上的小学念书。也是从那时起，我开始了寄宿生活。

我们住的宿舍是用一间废弃教室改建的，可以容得下几十名学生，我和妹妹睡上下铺。那一年，我上五年级，妹妹上二年级。

课余时间，妹妹喜欢跟同学一起玩。有一次，妹妹不小心踩坏了舍友的一只皮革凉鞋，舍友一直吵着让妹妹给她赔鞋子。妹妹哪里知道什么地方卖那种皮革凉鞋，只好答应赔对方钱——最后赔了她十五元，那时候我们一周的生活费才二十元。

因为父母不在身边，平日里的生活费都是奶奶给的。在那种情况下，我们不敢跟大人说，于是，那一周我和妹妹一碗饭分着两个人吃，饿了就多喝些水充饥。

当时，年少的我总是想：如果我是一个有钱人，就可以赔给对方一双新鞋，可以给妹妹买很多零食，我们不用两个人吃一碗饭，再也不会饿肚子。

2

后来，父亲坐长途汽车回来招工。见到父亲时，他从兜里掏出五元给我们。妹妹忍不住嘴馋，吵着要吃棒棒糖，拉着我跑向学校门口的商店。

可没想到，到了商店，妹妹才发现把钱弄丢了。

她望着我，嘴巴抿成一条直线，两秒钟后，她的眼泪像断了线的珍珠滚落在地。原本我想安慰妹妹，可一开口声音就哽咽了，然后我们俩就抱在一起大哭。

妹妹哭着说："姐姐，对不起，我不是故意把钱弄丢的。"妹妹的哭声就像一把烧红的烙铁，灼伤了我幼小的心灵。

后来我才知道，父亲并不是回来招工的。父母外出打工被骗，没有挣到一分钱。母亲还生病了，腿浮肿得厉害，而父亲给我们的五元钱是家里最后的钱了。

两个多月后，父亲和母亲一起回家了。适逢期末考试，我考了全班第一，还上台领了奖状和奖品。但不幸的是，母亲的病情日渐加重，当时家里没有什么积蓄，就连基本的生活开销都难以应付。

为了增加家庭收入，我和妹妹只好帮着母亲一起粘火柴盒，一个火柴盒一分钱，粘一个月火柴盒刚好够当月的生活费。那段时间，无论我和妹妹去哪个亲戚家都会被人嫌弃，后来我想，"家徒四壁"这个成语用来形容我家真是太贴切了。

如今，那段困苦的时光早已远去，我却还是会想起年幼的自己，渴望成为一个有钱人。其实，小时候对钱的向往，就是对美好生活的一种向往。

3

高一下学期，我因为身体欠佳，期末考试成绩一落千丈，一下子跌到了四十多名。那一年，似乎特别不顺，家里的经济情况也特别困难，母亲除了要操持家庭琐事，还要为我的生活费操心。

我想帮母亲减轻一点生活负担，就找到了班主任，跟她商量能不能帮我申请助学金。班主任摇摇头说："阿夜，你的成绩不合格，我也没办法。"

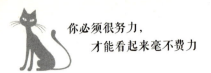
高中时的助学金并不只是家庭困难的学生才能申请，还需要学习成绩优异。犹记得那天阳光明媚，走出教室，我觉得嘴里咸咸的，这才发现自己哭了。

高二那段时间，我很少跟同学说笑，成天埋头苦学，就为了挤进年级前一百名获得申请助学金的资格。

我还记得自己第一次领到助学金的时候，高兴得就像个第一次吃到糖果的小孩子。回到家，我对母亲说："妈，您以后再也不用为我的生活费发愁了。"

高中时代，我几乎不怎么出去玩，除了上课，就是在图书馆里看书。

渐渐地，我开始写文章，投稿到杂志社获取一点稿费。我可以拿这些稿费买自己喜欢的书，给妹妹买零食——那是我第一次明白比钱还要重要的是努力，它会让你变得骄傲并有底气。

4

如果你不曾体会过没钱的时光，又何谈感同身受？

总有一些人会问我，你一个小姑娘，不想着出去玩，不去享受年轻的美好，却总是想着挣钱、挣钱，难道你不觉得累吗？

二十几岁的年纪，谁不喜欢逛街、娱乐呢？谁不希望自己什么都不用愁，有一个把自己捧在手心里宠的男朋友呢？

每个姑娘都渴望实现自己的小幸福、小愿望，可正因为我是一个姑娘，所以我更明白，别人给的再好也是别人的，只有自己挣来的、攥在手心里的，才能让我挺直脊梁骨，理直气壮。

哪怕这个过程再艰辛，哪怕收入再微薄，哪怕为了省钱吃七元一碗的炸酱米线、挤公交车上下班……历经这样那样的辛苦，但我依然甘之如饴。因为我知道，当我打扮得光鲜亮丽从人群中走过的时候，我会很骄傲——我所拥有的一切都是自己挣来的。

谁不曾渴望自己富裕，但你没有吃过穷的苦，凭什么说钱不重要？当亲人病重，当你想要改变现状，又怎么敢说钱不重要？

体会过生活的艰辛，才深知每一分钱都来之不易。

6. 不是所有的坚持都有意义

1

六月份的天，小孩子的脸，说变就变。突然，窗外乌云密布，一道闪电划破天空，随即传来滚滚雷鸣。

这时门铃响了，打开门看到被淋成落汤鸡的念念，我忙请她进屋，说："哎呀，你出门怎么也不打一把伞？我去给你倒杯热水！"

念念两眼通红，哽咽地说："喝不喝热水都一样，暖得了身子也暖不了心。阿夜，为什么我再怎么努力，都换不来他的心？"

我带念念到房间里换了衣服，又拿吹风机把她的头发吹干，然后给她泡了一杯姜茶。她吹完头发乖乖地坐在床上，端着热气腾腾的水杯，眼泪忽而就大颗大颗地滚落下来，仿佛掉落的不是眼泪，而是大把的心伤。

我好奇地问道："念念，从来都不见你哭的，今天这是怎么了？"

她沉默了几秒后，开口道："我终于放弃他了，可我的心为什么那么疼呢？"

我说："疼就对了，爱情哪有不疼的？"

那种义无反顾、一头扎进去的感情很疼，就像人们说的那样，一厢情愿就要愿赌服输。

2

念念是我见过最活泼开朗的姑娘，她就像太阳似的，永远散发着温暖的光芒。可就是这么一个好姑娘却爱上了一个不爱她的人，这注定是一段没有结果的单恋，而念念却沉浸于其中，乐此不疲。

念念五岁时，爸爸给她买了一双轮滑鞋，从那个时候起，她就喜欢上了跟轮滑有关的一切。这个兴趣她维持了十多年，直到考上大学。

大一那年，念念带着对大学新生活的好奇参加了很多社团活动，其中最感兴趣的就是轮滑社。当时，轮滑社里

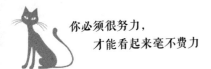

有很多人玩滑板车，一只脚登地一滑，穿梭在大街小巷，仿佛心都跟着飞了起来。念念说，那种逆风的感觉最令人着迷。

在入社之前，念念一直觉得自己的轮滑技术最棒，可是遇见C学长后，她就甘拜下风了。

C学长是轮滑社的社长，不但轮滑速度快，会的花样儿也最多。他留着一头圆寸，单眼皮，精致的五官像韩国明星一样俊美，是经管学院名副其实的学霸和系院公认的帅哥，不过他性格高冷，对谁都淡淡的。

那时的C学长并不是念念喜欢的类型，而念念也从来没有想过，后来自己竟会爱上这个风一样的少年——爱如穿肠毒药，却也会让人饮鸩止渴。

3

开学以后，轮滑社举行了第一次集体活动，念念积极地参加了。当时，社里分为五个轮滑小队，在学校外面的步行街进行轮滑比赛。

作为队长，念念带领着队员势必要拿下第一名，可没想到半路杀出个程咬金，C 学长带领的小队最终夺得了第一名。其实，他俩带的小队势均力敌，但念念还是输给了 C 学长。

那天失败以后，念念当众发誓，一个月后要单独跟 C 学长进行一场公平的轮滑比赛，比速度和花样儿。

那段时间，念念除了上课、吃饭、睡觉，其余时间都在进行轮滑练习。虽然她做了充分的准备工作，可比赛那天还是输给了 C 学长。也是在那一刻，念念才发现自己已经喜欢上了眼前这个如同星辰般闪耀的少年。

接下来，念念对 C 学长展开了强烈的爱情攻势。但她怎么也没想到，对于不爱自己的人，不管你对他再怎么好，他都不会领情——正因为不爱你，所以对你的所有付出都可以熟视无睹，对你的一片真心可以满不在乎。

念念满心欢喜准备的手工蛋糕，被 C 学长转手送给了他的室友；下雨时，念念给 C 学长送雨伞被他无情拒绝；念念鼓起勇气说出"我喜欢你"时，C 学长却冷漠地说："等我有了喜欢你的感觉时再说。"

念念为 C 学长做了许多事，连她都没有想到自己会为他付出那么多。

那时，念念以为真心付出就会感动 C 学长，直到后来

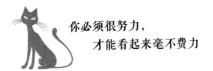

她才明白：对一个不爱自己的人付出真心，到头来感动的只不过是自己。偶尔回想起来，她只剩下满满的心疼，心疼那个傻傻的自己。

4

念念一如既往地对 C 学长好，即使 C 学长谈恋爱了，她依然为他无条件地付出。终于，念念的真情换来了一点回报，C 学长不再像对其他人一样对她冷冷的，而是会对他的朋友说，念念是他的朋友。

念念心想："很多恋情都是从友情开始发展起来的，或许以后 C 学长会喜欢我呢。"只是没想到的是，C 学长只是打着朋友的名义挥霍着念念对自己的感情，而那时的她竟不自知。

一次聚会，C 学长的好朋友阿辉向念念告白。C 学长对念念说："你就答应阿辉吧，他是我最好的朋友！"

念念看着 C 学长，久久说不出话来——他竟然满不在乎地将自己推给了他人。

那天晚上，念念一个人蹲在饭店门口哭了许久，直到

C 学长过来找她，还埋怨说："你也太不够意思了，一点都不给我面子。"

念念没有大闹，只是小声对 C 学长说："你不喜欢我没关系呀，可我又不是物品，你为什么要把我推给别人？你明明知道我喜欢的人是你。"

没想到 C 学长说："念念，你要是再说'喜欢我'之类的话，那我们就不要做朋友了。"

那一瞬间，念念感觉自己的心被一万把隐形的箭射中了，虽然看不见伤口，却已鲜血淋漓。但一想到跟 C 学长连朋友都做不了了，念念害怕了，她急忙说："你别生气，我保证以后再也不会说了。"

C 学长不以为然地转身走了，念念默默地跟在他后面。

念念喜欢了 C 学长四年，但在这么长的时间里，一直都是她一个人单相思，而 C 学长则以朋友的名义透支着她的喜欢。

5

大学毕业后，念念来到 C 学长所在的城市工作，她满

心欢喜地鼓起勇气准备再给自己最后一次机会，却没想到
C学长搂着一个漂亮女孩走出小区——念念听到C学长对
她说："那个念念啊，我怎么可能喜欢她呢？我从来都没
有喜欢过她，真的，我可以对天发誓。"

女孩问："那你出去玩的时候为什么总是带着她，还
说她是你最好的朋友？"

C学长笑着说："每天有免费的早餐我干吗不吃？宝
贝，其实我很早就喜欢你了，跟她做朋友只是为了想要了
解你。"

听完他们的对话，念念捧在手里的水晶球"啪"的一
声掉在了地上。

那个漂亮女孩不是别人，是念念大学时代最好的朋
友。有关C学长的一切，念念都会告诉她，也经常跟C学
长提到她。有时候，C学长也会向念念打听她的事，念念
都毫无保留地告诉了C学长。

只是，C学长的那一句"每天有免费的早餐我干吗不
吃"比什么都让她心碎，原来自己四年来的坚持和义无反
顾都是自作多情！

这一切就像一场荒唐的梦，念念终于醒悟，发现自己
到底还是很傻。原来，喜欢上一个不喜欢自己的人就是一

场与自己的豪赌，只不过这场赌局从一开始就注定了要输——只是一厢情愿的人太傻，以为付出就会有结果，坚持就能感动对方。

亲爱的，你别太天真了，不是所有的真心付出都能得到回报，不是所有的深情都值得自己义无反顾，不要因为太爱一个人就轻贱自己、无条件地付出与透支自己的感情，更不要给对方随意挥霍自己感情的权利。

每个人都可以拒绝自己不爱的人，却没有理由去践踏一颗真心。

7. 我终于放弃了你

1

昨天跟几个好友聚餐，许楠楠说："我终于放弃了我的男神，原来放弃一个人比坚持还需要勇气。真好，我终于可以做回自己了。"说完，她端起一杯酒，一饮而尽。

看着她微微泛红的眼睛，我的心莫名就疼了起来。

我和许楠楠是在高二时认识的。那天，我们班和她们班一起上体育课，时至今日，我都记得那时的许楠楠留着一头清爽的短发，有一对浅浅的酒窝，笑起来眼睛弯弯的，很好看。

体育老师组织两个班一起玩"四人组接力比赛"，一向大大咧咧的许楠楠被一个身影绊倒后扭伤了脚。

后来，许楠楠告诉我："我扭伤脚后到操场后边休息，然后他向我走过来。香樟树下，白衣翩翩，那一瞬间，我好像会写诗了。"

2

那个叫周阳的男孩就是这样跌入了许楠楠的心田，她从未想过那一次的悸动足以让她变成另一个自己。

故事的开始很简单，周阳把扭伤脚的许楠楠送去了医务室，一向自诩"女汉子"的许楠楠，内心忽而就变得柔软了。那时，青葱岁月，时光柔软，谁也没料想到，谁又成了谁心头解不开的结。

更戏剧性的是，后来周阳和许楠楠成了同桌，而且更令许楠楠哭笑不得的是，周阳居然对她说："许楠楠，从今天开始你就是我的好哥们儿，我会罩着你的。"

那一刻，许楠楠也只能收起心中的失落，故作没事地说："好啊，大哥。"

作为好哥们儿，许楠楠轻易得知了周阳的喜好，比如他喜欢学习好的女孩，喜欢瘦一点的女孩，喜欢女孩留长头发、穿长裙，讨厌女孩哭哭啼啼，等等。

关于周阳的所有喜好，许楠楠都记在心里。

年少的时候，我们以为最深的喜欢是把一个人好好地放在心里，后来我们才知道，原来最深的喜欢，是为对方成为最优秀的自己。

3

为了能够与出色的周阳在一起，许楠楠开始一点点改变自己——硬补功课，成绩在班里一向中下游的她，高考的时候居然和周阳考上了同一所重点大学。

后来许楠楠告诉我，那时的她从未想过自己可以那么

拼命地做一件事——她把高中课本来来回回翻了几十遍，上课听讲、下课复习，而这一切都是为了周阳。

"当我坚持不下去的时候，就想想周阳说的那些话，一瞬间我就充满了动力。"许楠楠说。

后来呢？

大学时代的许楠楠留起了长发，平时喜欢穿运动装的她开始穿漂亮的裙子。作为一个理科女孩，她还参加了礼仪社团、舞蹈社团。许楠楠说："学跳舞的时候腿压不下去，可我一想到周阳已经成为学生会副主席，还拿最高的奖学金，我就不觉得疼，不觉得累了。"

只要是为了周阳，再大的困难都不算困难。

4

对周阳的喜欢越积越深，而许楠楠也越来越有气质，成了女神级的人物。可纵使这样，站在周阳身边的姑娘也不是许楠楠。

在许楠楠的回忆里，周阳的初恋留着清爽的短发，穿阔腿牛仔裤，也不像周阳说的"女孩要少吃一点儿"——

她一顿饭能吃两大碗，而周阳只是在一旁宠溺地看着她。她的功课也不怎么好，有时候也会哭哭啼啼，还喜欢撒娇，一点也不像周阳理想中独立坚强的女友。

那一刻，许楠楠好像明白了什么。

原来，如果一个人喜欢你，那么他制定的一切标准都不再是标准；如果一个人不喜欢你，无论你变得再优秀，他都不会多看你几眼。

整整七年，许楠楠看着周阳恋爱、分手，再恋爱、再分手，而她面对其他的追求者却从未动过心。

有一次，许楠楠小声地对他说："我喜欢你很多年了。"

周阳沉默了几秒，回答说："许楠楠，不要再耽误自己，你该谈恋爱了。"这句话的含义再明显不过了，这一次，许楠楠不想再执着下去了。

其实，放弃一个喜欢的人比继续坚持还要令人心疼。可是，许楠楠知道，她想成为他喜欢的样子，但她更想做回真正的自己。

8. 你的坚持，终将美好

1

去年七月，堂姐带我去昆明文化巷考察开店的地段。从文化巷过去有一条街叫青年路，马路旁边就是云南大学本部。

我看着路边青葱笔直的树木、飘香的咖啡馆，心想："阿夜，如果当时你在这里上学该多好呀，学习之余的周末还能去咖啡馆点一杯卡布奇诺，看一本书，度过属于自己的午后时光。"

那天，不知道为什么我很想哭，或许是觉得想象的场景太过美好。片刻间，我想起了大学老师对我说过："阿夜，你那么喜欢写作，你去考中文系吧，对你以后的发展有帮助。"

一瞬间，我的脑海里浮现出一番场景：多年后，我拥有文学硕士学位，出版了一两本销量不错的书。工作之余，我穿梭于各个城市去采访那些有故事的女性，将她们的故事分享给千万读者。

那个场景特别美好，它叫作未来。

想象的对立面是现实：我大学期间的学费使用的是国家助学贷款，平时的生活费也是母亲东拼西凑来的，再就是自己写故事来挣取一些稿费。

那时，我最大的心愿就是快点毕业，关于考研的梦想只好在心底妥善收藏，好好安放。

在最美的年华里，我始终追求着美好的生活，渴望收获属于自己的幸福。

2

十七岁时，镇上的新华书店是我最喜欢的去处，看书是我高三生活中的唯一色彩。

我特别喜欢店里的工作人员，他们从来不会因为我不买书就冷眼相待，他们会温柔地提醒翻阅图书的青少年：请好好爱护你手里的书，不要弄脏，不要折角，不要随意

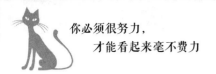

拆开没有拆封的书。

虽然我只能看那些已经拆掉塑封的书，但当时的我已经很满足了。

那时我不懂得怎么选书，却格外迷恋饶雪漫的作品，把《左耳》《沙漏》《离歌》看了好几遍，被辛夷坞的《致我们终将逝去的青春》感动得双眼通红。

有个女同学向我推荐了《何以笙箫默》《微微一笑很倾城》，还有一部令人热血沸腾的《最后一颗子弹》。

我看着新华书店架子上的书，总是在想：什么时候我也能写一本书，那该是多么美好的一件事！不过，当时我还只会写日记，记录那些细碎的生活小事和心情。

上大学以后，我参加了文学社团。学校经常组织征文比赛，我也会积极报名参加。我参加征文比赛的作品总是获奖，一等奖、二等奖拿个不停。

有一天，我看着镜子里头发乱糟糟的自己，心想："我是不是有什么特别的天赋？"

再后来，我不写征文比赛了，开始写长篇故事，写着写着，竟然写了十五万字。虽然现在看那时的文笔有些青涩稚嫩，但正是因为坚持写作，我才走到了今天。

我总觉得写作是一件令人心情愉悦的事，虽然写作的时候很累，但很满足——就像八月长安在《最好的我们》里说的一样："不是所有坚持都有结果，但总有一些坚持，能从一寸冰封的土地里培育出十万朵怒放的蔷薇。"

也许一开始做某件事时你并不能坚持下去，但一段时间后，你依然初心未改，恍然间发现，原来自己已经坚持了这么久。

4

当我开始迷恋写作时就像上瘾了一般，一有空就舍不得离开键盘，任何娱乐活动似乎都打动不了我——打动我的，只是那个在键盘面前文思泉涌的自己。

大学时期，没课的时候我就开始写作，也是从那时候起，我养成了独自一人生活的习惯——自己陪自己逛街，自己陪自己吃饭，自己陪自己看电影。到最后，我也终于明白了：在漫长的岁月里，不是所有人都会陪伴你，人总是要学会自己陪伴自己。

进入职场以后，我也不怎么参与娱乐活动，闲暇时还是喜欢坐在电脑面前写点文字，如果没有带电脑就用手机

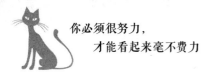
写。总之，不管去到哪里我都在坚持写作。

我认为，人生总该坚持一两件自己喜欢的事，哪怕最终你的这份坚持没有感动任何人，最后只要自己问心无愧就好。

此时，我在键盘上敲下一行行文字，告诫自己："因为热爱，所以坚持。不管去哪里，我都会坚持写作，因为于作者而言，写作就是生活中最美好的事情。"

坚持着，坚持着，你就遇见了最好的自己。如果你不相信，你可以试着去坚持一件事！

9. 精神独立比经济独立更重要

1

都说恋爱中的姑娘是最美的，佳慧也不例外。

热恋期的佳慧整天最喜欢跟闺密分享男朋友又给她买了什么衣服、鞋子、包包，还有那支她心仪已久的 YSL12

号。那段时间，佳慧每天最开心的事，就是想着怎么把自己打扮得漂漂亮亮的，然后等男朋友下班后朝他撒娇，讨他欢心。

如果男友说："你今天真好看。"她的嘴角就会上扬，翘得高高的。如果男友没有夸赞她，甚至不理她的时候，她就会哭丧着一张脸，好像受到了天大的打击。

现实生活中，像佳慧这样的姑娘不在少数，她们年轻、漂亮，但是不努力，也不找工作。没钱的时候就找男友要，如果男友不给就开始发脾气，整天阴沉着脸不开心，甚至会以分手相要挟，让男友掏出口袋里的钱哄她高兴，希望男友像供着一个祖宗一样供着自己。

如果男友不事事都迁就她，她就会觉得男友不够爱自己，觉得没有安全感、存在感。可是，令佳慧没有想到的是，当她再次跟男友闹分手的时候，男友竟然同意了。

当佳慧哭花了妆像个怨妇似的对男友说："亲爱的，我不是故意说分手的，我真的只是想让你多关心我一点，你不能不要我了啊……"男友却冷着一张脸说："佳慧，对不起，我们真的结束了。"

那一瞬间，佳慧才知道，自己到底失去了什么——她失去的不只是生活的来源，还有男友的一颗真心。

2

　　佳慧傻傻地认为男友还会回到自己的身边，却没想到，那个曾经喊自己宝贝，自己喜欢什么就买什么，每天像哄宝宝一样哄着自己的男人真的不回来了——没多久，男友就有了新欢。

　　生活中似乎从来都不缺漂亮姑娘，亦舒在《我的前半生》里说："永远都不要低估男人在分手时的冷酷，女人最傻的就是为所谓的家庭放弃工作。想要思想独立，首先必须经济独立，起码在曲终人散时还能有养活自己的能力，能让自己有尊严地继续生活！千万别在最好的年纪，把自己吃得贼肥，穿得贼丑，用得贼便宜。"

　　姑娘，自己喜欢什么、想要什么，不要想着如何从男人身上获得。如果你将自己的容貌当作资本，认为男人就该时刻围着你转，你想要什么他就会送给你什么，那么，当有一天你跟他撕破脸后，你会异常难受，因为到那时你才发现，原来自己什么都没有。

　　亲爱的姑娘，永远不要把自己置于那样的境地。

3

当然，除了经济独立，你还要充实自己的精神世界。当你穿着自己买的衣服、鞋子，抹着新买的 YSL 口红，却发现自己还是孤独一人，既没有遇见白马王子，也没有人送自己玫瑰花，你开始想："我要怎么做才能讨一个男人的欢心呢？"

其实，你不必讨任何男人的欢心，因为精神独立比经济独立更重要！

黄凯莉在《30 天爱上我》里说："一个完整独立的人不仅是物质独立，更多的是精神独立——完全对自己的人生负责，为自己的幸福和快乐负责，而不是基于别人的选择和作为。这才是真正意义上的独立。"

你不需要把自己的幸福寄托到别人身上，尤其不该寄托在男人身上。一个真正精神独立的姑娘，从来不会去寻找靠山，她只会让自己变得更加强大。

如果你现在正处于热恋期，一定要清楚，爱不是一味地索取，也不是价值交换。一份成熟的爱情是允许对

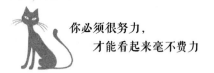

方做自己，而自己却想变得更加优秀，彼此互补，共同进步。

精神独立不是一句空泛的口号，如果你不行动，即使知道这些道理也于事无补。

独立这条路并不好走，或许你会遭遇挫折，或许你会被朋友欺骗，或许你会爱上一个不该爱的男人，你总会遇见这样那样不顺心的事。

开心时你会又叫又跳，难过时你会闷头大哭，失意时三五天都不想说一句话，但这些又有什么关系？成长本来就是一件又酸又甜的事，就像下过暴雨后天边就会出现彩虹。

你总要一个人熬过一些不为人知的时光，然后才会学会自我安慰，对自己说一些暖心的话。

你要记住：永远不要轻易依赖一个人，否则时间久了，他会成为你生活的一部分，当分别来临时，你就会觉得自己失去了全世界。

无论何时何地，我都希望所有的姑娘能够独立行走，它会让你走得理直气壮，充满勇气！

10. 你总要一个人熬过一些不为人知的苦难

1

下班后，我像往常一样去坐公交车，好不容易找到一个位置坐下，一个大妈走到我面前："可以把座位让给我吗？"

我背着一个大包，手里还拎着一台手提电脑，愣了一下，还是起身把座位让给了她。我腾出一只手紧紧抓着扶手，好几个急刹车差点把我甩出去，可直到下车，我也没听见大妈说一句：姑娘，谢谢你。

虽然让座是一种美德，但法律也没有规定必须给别人让座。一瞬间，我心里泛起许多酸酸的泡泡，但还没回过神来，就看见一个女孩站到我旁边的位置，眼睛红红的，好像在跟人打电话，时不时地"嗯"上几句。然后，她抬起头，努力想把眼泪忍住，可还是哭得稀里哗啦的。

旁边的人看了她一会儿，又把头转了回去。

谁都不知道这个女孩为什么哭，也不知道她到底经历了什么委屈——因为你不是她，所以你不明白她走过了什么样的路，在坚持什么，有什么不为人知的痛苦。

这个世界上并没有真正的感同身受，有的不过是如人饮水，冷暖自知。

塞林格在《麦田守望者》里说："长大是人必经的溃烂。"总有一些疼痛需要你一个人独自承受。

2

很多时候，我们是没有选择权的，只能逼着自己往前走。

大学毕业后，我与相恋三年的男友分手，事业单位考试落榜，父母也不再像上大学时每个月给我提供固定的生活费，就连平时喜欢的写作我也停了将近半年之久。

很长一段时间里我的状态不太好，时常半夜惊醒或是整夜失眠，不知道自己要从事什么工作，也不知道自己要去哪个城市奋斗。直到现在，我都没有忘记那种感觉。

我最穷的时候拿剩余的洗面奶当沐浴乳用，吃饭的时候不敢点肉，租最便宜、设施破旧的房子居住，刘海长了就自己用剪刀剪一下，并鼓起勇气对自己说："你一定要挺过去，挺过去就是最好的将来。"

在外人面前，我总装作过得很好，只有一个人独处的时候，才明白那种小心翼翼和筋疲力尽。

不知从何时起，我开始变得沉默寡言，变得事事纠结，变得有点不太像自己了。白岩松在《痛并快乐着》里说："一个人一生中总会遇到这样的时候——一个人的战争。这种时候你的内心已经兵荒马乱、天翻地覆了，可是在别人看来你只是比平时沉默了一点，没人会觉得奇怪。这种战争，注定单枪匹马。"

不管你面对什么挫折，都要努力地走下去——你不去打败生活，就只能被生活打败。

3

还记得那部电影《风雨哈佛路》吗？

女主角丽斯从小生活在美国贫民窟，从出生开始她就

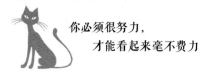

承受着家庭的千疮百孔——母亲酗酒、吸毒，并患有严重的精神分裂症。

丽斯十五岁那年，母亲死于艾滋病，父亲则进入了收容所。因没有父母的照顾，年纪尚小的丽斯只能流浪乞讨，睡在大街上。

现实如泥潭般让人深陷其中，看不到一丝光亮，但丽斯却从未放弃过改变命运的想法，她知晓，唯有读书才能改变自己的现状。

丽斯用努力和真诚的态度打动了高中校长，为自己争取到了读书的机会，然后，在漫长的求学之路上克服了大大小小的难关。

她一边打工一边上学，用两年时间学完了高中四年的课程。她尝试申请各类奖学金，并靠自己的努力申请到了《纽约时报》的全额奖学金，这笔钱可以让她念完大学。

影片的最后，丽斯迈着自信的脚步走进了哈佛的学堂。

贫困和辛苦从未阻挡住丽斯想要前进的决心，她的人生因坚持和努力而被改写。

4

成长的道路上总是充满荆棘，但只要披荆斩棘勇敢向前，无论你的起点和环境多么糟糕，你都能够走下去。

总不能怕黑就开灯，想念就联系，疲惫就放空，被孤立就讨好，一脆弱就想家——不要被现实蒙蔽了双眼，你终究需要长大，独自走完人生中最漆黑的那段路。

海明威在《丧钟为谁而鸣》里说："每个人都不是一座孤岛，一个人必须是这个世界上最坚固的岛屿，然后才能成长为大陆的一部分。"

生活本来就是五味杂陈的，不管是什么滋味，都需要你自己亲自去品尝。

11. 愿你的辛苦能成为一束最明亮的光

1

此时已经是凌晨一点十分，犹豫了很久后，我走进二十四小时营业的肯德基。

我掏出紧紧捏在手心里的钱，要了一杯热咖啡，点了一份香辣汉堡和一份炸薯条。在三楼找了一个靠窗的位置坐下，看着此时这座孤寂的城市，一种委屈涌上心头，我憋着眼泪不想让它掉下来。

一年前，我和 D 君分手的情景似乎历历在目，时间过得有点长，记不清当时乱哄哄地说了什么，唯一清楚的就是那句："十三夜，我不想再见到你！"

记得当时，我冷冷地看着 D 君说："你放心，我这个人脸皮薄，不可能再回来的！"

那时 D 君成功考上了家乡县级事业编制，而我带着一身落魄"滚"回了家。整整一个月，我没有迈出过家门一步，不是熬夜看电子书就是对着房门发呆。

开始妈妈还能容忍我，最后实在见不得我那副死样子——她终于爆发了，不顾邻居在场，对着我破口大骂："阿夜，你爸已经让我够失望的了，现在你这副死样子是要做给谁看？你回家这么久，为我和你爸做过什么事？你都这么大了，整天窝在家里也不出去上班，我还得一日三餐伺候你……"

那一天，我以离家出走的方式开始了反抗。结果可想而知，这注定是一场失败的逃亡——母女哪有隔夜仇，没过两天，我和妈妈就和好了。

那天晚上，我盯着镜子看了半个多小时，看着镜子里暗淡无光的自己，考试落榜，恋情失败，脾气暴躁……我的青春好像裂了一个口子，怎么也填不满。

2

我的二十二岁生日没有蛋糕，没有party……

吃完长寿面，我在一张纸上写下几个大字：我要成为

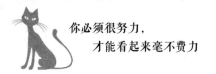

自己喜欢的样子。我把那张纸贴在床头，每天睡前都要看一眼以此激励自己，希望多年后，岁月真的开出一朵花来。

一周后，我带着行李"滚"出了家门。

走的那天，我爸那叫一个高兴，气得我咬牙切齿。临走前，我听见爸爸说："阿夜，你出去工作，爸比谁都高兴！"

那一瞬间，我觉得自己很可悲，都长这么大了，还要跟父母争吵。但吵架既不能解决问题，也不能改变结果，最后伤的还是父母的爱女之心。

年轻的时候，我们好像都喜欢用一些极端的方式来博取对方的关注，比如以离家出走威胁父母，以寻死觅活要挟恋人……其实，我们想要的不过是对方多一点的关心，多一点的在乎。但可悲的是，我们往往选择了错误的表达方式。

人们往往一时失察就酿成了大错，然后才发现已经没有弥补的机会了。有些裂痕一旦出现，就再也无法修复，就像人生没有第二个成年礼，每个人的十八岁只有一次。

3

抵达省城的那一天，我租了一间小屋子，之后想到身上只剩几百元的生活费，现实逼着我不得不出去找工作，自力更生。

两天后，我找到一份促销员的工作，在附近的广场上做饮料促销，一天要站八个小时——除去三餐，我一天能挣六十元。

刚开始，我并不适合这份工作，强烈的紫外线把我晒黑了好多，小腿酸疼了一个多星期。

为了缓解疼痛，我只好用热得快烧热水泡脚——这个热得快是我大学四年留下的唯一财产，是我参加征文比赛时获得的一等奖奖品，那时候我还整整高兴了一个星期。

晚上我一个人睡不着，眼泪不由自主地掉下来。我在心里暗暗发誓："我要过得比 D 君好！我一定要证明自己，让那些对我冷嘲热讽的人刮目相看！"

这么一想，我好像又充满了斗志。后来，我花一千元报了一个网课打算考编辑证，下班后就在房间里听网课，

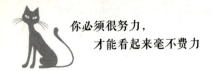

一边做笔记一边学习。

我性格倔强，自此以后，再也没跟父母要过生活费。

有一天，我刷微博看到一段视频，标题是：《毕业一年，你还好吗？》我反复看那段视频，心疼得都快不能呼吸了，不知道怎么的，所有的委屈都涌上心头，我没喝酒却觉得自己已经醉了。

有时候，我觉得整个世界都在跟自己作对，这时我就会变成一只刺猬，把身边关怀我的人刺得鲜血淋漓。

渐渐地，我不大爱开口说话，性情也变得冷漠了，坚持不下去的时候，我会抱着自己取暖——抱着自己，仿佛就拥抱了所有温暖。

4

不知道你有没有经历过这样的时刻：好像不小心踩到了扫把星，所有的霉运都跟着你。

于是，你做什么都不顺，觉得自己已经很努力了，可为何总是得不到满意的结果？你觉得自己已经很认真地生活了，可为何还是没有改变现状？

不管你做什么事都觉得索然无味，你的活力、精力好像在一点点消逝，你想不明白：为什么我用尽全力，到头来只是感动了自己？

第二次考编辑证的时候，我以为会有一个满意的结果。可没想到的是，我再一次考砸了。是啊，我已经很努力了，可为什么还是很糟糕呢？

我跟朋友一起吃饭，朋友安慰我："阿夜，不就是考试吗？你那么努力，一定会成功的。"

我的眼圈忽然红了，那一刻，我突然明白以前的自己有多傻。我们总是在意别人的一言一行，只要别人谈及一句与自己相关的言语，我们就会敏感得不像话。

其实，我们真的不需要向别人证明自己，应该学会与自己握手言和，把眼前的每一件事做好——总结失败的经验，不断鼓励自己，鼓起勇气继续向前走。

自从那天以后，我学会了关心自己。

我换了一份新工作，在一家图书公司做文字编辑，下班后除了复习出版知识，还会进行一个小时的健身锻炼。

一年后，我终于考下了编辑证，老板给我涨了工资，我的存款也变得越来越多。

我重新租了一套环境较好的公寓，给自己制订了健康

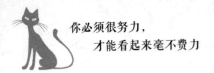
的生活计划：每天按时吃饭，记录出版知识的笔记，听网课，做练习题，坚持健身。

我和父母的关系也越来越和睦。有一次妈妈来看我，她在我的枕头下放了两千元，她坐上回老家的车才告诉我，让我多吃一些水果。我下班回家后，看着那些红票子哭了整整一个晚上。

生活开始慢慢变得好了起来，我剪掉留了好多年的长发，换了新的穿衣风格，办了一张瑜伽卡，养了一盆多肉植物。

现在我的生活过得很充实，不再跟别人较劲儿，学会了善待自己、善待他人。

你不要害怕自己过得不好，也不要害怕挫折和失败，因为你所经受的苦难终会照亮前行的路。

第二章

比起岁月静好，我更喜欢你野心勃勃的模样

无论此时你正在辛苦工作还是努力学习，无论是大雨滂沱还是星光满天，只要你心里还有一束最明亮的光，再漆黑的路我相信你也能够走完。

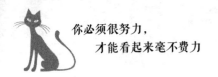
1.毕业一年后，我选择逃离安逸

1

不知道你是否有过这样的经历：一个人孤立无援，没有一个明确的目标，也不知道自己想去往何处。

我曾在长达半年的时间里不读书也不写稿子，常常失眠、委屈地流眼泪，生命好像被悲伤灌满，呼吸不到一丝快乐的氧气。

那时我正处于毕业后、就业前的过渡期，觉得特别迷茫。不过，值得庆幸的是，生活不只有悲伤，还有明媚的阳光。

离开家的前几天正是农忙季节。我们村几乎家家户户都种烟草。每到六七月份，父母就忙得不可开交，去田里修剪烟叶，把烟叶拉到烤烟房里烤制。

一天晚上，父亲从田里拉回来好几车未烤制的烟叶，我坐在那里看着母亲拴烟叶，一时间，呆呆地一直看，竟忘了挪开步子。

那一刻，我的心里生出一种紧张与无助，因为自己什么也帮不了他们。思考之下，我去厨房热了饭菜，在心底暗暗发誓：我一定要争气，要早日实现经济独立。

留在家乡还是出去打拼成了一道难题，那几个夜晚，我仿佛变成了电视剧《荼蘼》里的郑如薇，我想，如果我的人生有 A、B 两个版本，我会选择哪一个？

也许生活原本就是公平的，你选择了一些东西，势必也会失去一些东西；你觉得倒霉透顶了的时候，没准也会柳暗花明，遇见好运气。

2

常言道："情场失意，商场得意。"可我呢，大学毕业一年多，既没有找到适合的工作，也没能留住爱的人。

晚上，一家人坐在一起吃饭，我忽然发现母亲眼角的皱纹深了许多，父亲身上也留下了岁月的影子——我忽然意识到他们老了，那一刻，我决定不再浑浑噩噩地虚度光

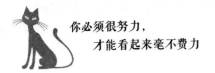
阴，我想带给家人更好的生活。

第二天，天刚蒙蒙亮，我已经收拾好行李坐上离开家乡的班车，带着告别过去的勇气和对新生活的期待，开始了我的新旅程。

这一次，我居然一点都不想哭。

在找到工作的那一刻，我觉得收获了前所未有的安全感。然后，我开始早睡早起，每天鼓励自己多吃一点蔬菜和水果。渐渐地，我终于回归了自己想要的生活。

我开始活得又像自己了，我不再去想未来的自己会变成什么样子，而是专注于做好眼前的事情。虽然华灯初上时，我还是会想起那些过往，但我不再会深深扎在回忆里久久不肯走出来——我们每个人都是这样的，一边小心翼翼地害怕出错，一边又为自己的勇敢喝彩。

我开始明白，女孩拥有一份工作多么重要，一个人打拼也没有什么可畏惧的——一个人只要坚定信心，也可以活得像一支队伍。

我的心底住进了一个女王，她告诉我：阿夜，你要活得像一个女王，你要像一个女王那样坚强，永远不要向暂时的困难屈服。

3

一不小心，我就活成了别人羡慕的模样——我做着一份自己喜欢的工作，不会觉得工作内容单调、无聊，因为它总能带给我不一样的感受。这些年我在不断地成长，努力让自己变成理想中的自己。

原来那些为梦想、兴趣默默付出的努力并没有白费，它在我最艰难的时候，给了我一份暗藏的惊喜，让我可以依靠自己的才华而努力生活，做自己喜欢且擅长的事情。

我相信，当你给自己一次机会，给自己一点勇敢，敢对命运说："我不会认输的！"你所有的拼尽全力，都会杀出一条属于自己的路来。

这个世界并不是无路可走，而是要看你选择哪一条，怎样去走。不管此刻的你是轻松还是艰难，请都不要忘记重要的一点：你是谁！

普林提斯·阿尔福德在《思想的力量》里说，当你说"不可能"或"我没能力"的时候，其实你是在进行自我否定。你这种想法就是通往"可能"的最大障碍物，没

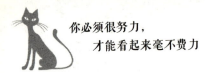

有任何事物能打败这句话，你看上去似乎是在前行，其实不过是原地踏步。

所以，年轻的时候不如像我一样，多给自己一些敢于拼搏的信心，不要轻易否定自己。

4

法国巴斯蒂安·维韦斯的漫画《波丽娜》讲述了一个追梦女孩的成长史：她从小就喜欢跳舞，渴望成为一名舞者。尽管她在实现梦想的道路上遇到了很多挫折，但是自信、毅力和勇气使她成功地挑战了自我，终于实现了自己的梦想。

每个人在人生之路上都会经历挫折与失败，这时候，我们最需要做的就是回望最初的追求与想法，并如波丽娜的老师所说："身体要凌驾一切，眼神投向无限远方。而无论抬得多高，如果少了从容的凝视，一切就是白费工夫，所以在高处时不要着急。"

世界上最可贵的莫过于不忘初心，我希望你永远不要忘记最初的自己。

以前，我以为自己会一直生活在小城镇里，并有一份稳定的工作，却没想过，小城镇那种岁月静好的背后对我来说是一种令人窒息的生活。在那里，凭我的才情很难找到施展的平台，甚至没有几个人能够明白写文章是为了什么……

　　现在很多年轻人不想着怎样提高自己，不去努力工作，而是一头扎进娱乐里，玩游戏、唱 KTV 嗨到天明，过着一种浑浑噩噩的人生。

　　但是，你的言行举动都在被别人密切关注着，你说的什么话再传到你的耳里时，不知道已经变换了几个版本，你会成为人们茶余饭后的谈资："大明老大不小了，还整天游手好闲。""小明考上了公务员，比大明有出息多了。"

　　这样的生活让人感到厌倦，渐渐地，你会失去对生活的热爱。

　　有时候，逃离舒适圈并不是因为生活拮据，而是因为心中还有另一番天地。这个世界上并没有所谓的完美生活，但是，我们可以选择以自己喜欢的方式过一生。

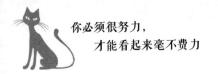
2.幸好，那时我们没有继续走下去

1

我记得最后给你打的那个电话使用的是座机，因为我的手机号早就被你拉黑了。我告诉你，我刚出差回来，为了争取一份新工作忙碌了半个多月。我很久没有好好休息了，每天工作九个小时，周六日经常需要加班。

我以为你会在电话那头笑着说"你终于知道奋斗是不容易的"，没想到你却冷嘲热讽地说："恭喜你过上了自己想要的生活，趁休息的时间，你还可以写写文章。"

我的眼泪不争气地掉下来，许久不疼的胃忽而翻滚得厉害。我在心里微微叹息："相爱那么多年，原来你终究是不懂我。"

恍惚间，我想起十七岁时你扭伤了脚，却依然坚持送我回家的事。时间竟过了那么久吗？整整七年，我们的青春一路明媚，一路忧伤。

接着，你继续说："当初我就不应该听从你的建议，现在好了，我做着比别人多花三倍时间的工作，却拿着不到别人一半的薪水。"

我原本想说，年轻不就是要多吃点苦吗？可这样的话到了嘴边，还是被我生生咽了下去——我怕我再次出口，得到的还是你的一句冷嘲热讽。

那天晚上，昆明下起了滂沱大雨，我一个人守着空荡荡的房子，莫名地感到寂寥。我在电话里说，我现在胃疼，不跟你说了。挂断电话的那一刻，我才发觉原来眼泪不是咸的，是苦的。不过幸好，没有人看见我哭花的妆，没有人看见我年轻而又悲伤的面孔。

几分钟后，你的朋友圈更新了一条关于我的动态，你说：现在工作知道双休多好了吧？知道考公务员多好了吧？知道我说的都是真理了吧？你就是一个笨蛋，不要总以为我的善意提醒就是冷嘲热讽、尖酸刻薄。

我在想，是不是命运的齿轮在哪个轨迹走偏了，从高二到大学毕业，整整七年了，我的青春、生活都是以你为中心，可是，为什么相爱的人在一起的时候互相折磨，分开了还要恶语相向？

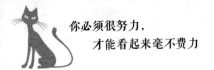
2

那是我和你的故事，只是差了一个结局，我却要从头
开始学着去放下。

我盯着手机屏幕，看着那串十一位数字的电话号码，
在下一秒点击了"删除"。我宁愿在心底保留那份纯真的
爱情，也不想跟你在感情里兵戎相见——或许余生没有你
是幸运的，不是所有深爱都会有一个圆满的结局。

有个朋友说："看得出，像你这样的姑娘，一旦爱起
来，必定是疼到骨子里的。"

听完，我热泪盈眶，忽然说不出一句话来，原来有人
懂自己真好。有时候，友情总是要比爱情更温暖，它没有
那么曲折缠绕，却多了一份坚定和信任。

3

这是我的二十二岁，只身一人在一座陌生的城市里打

拼。像众多平凡而又对生活不服输的姑娘一样，我也倔强地告诉自己："哪怕头破血流我也要勇往直前，不允许自己退缩。"

如果一个姑娘没有了男朋友的保驾护航就无法生活下去，是不是显得太过矫情了？我只是凭着自己的感觉，相信在大多数人的生命里，爱情从来不是排在第一位。

生命中有太多比争取一份爱情还重要的事，比如成长为一个独立又坚强的人。而现在，我回想起跟你的点点滴滴，心依旧滚烫。

我可以清晰地感觉到爱意澎湃，虽然我开始学会放下你，却还没有学会放弃一份爱。

不过我相信，无论爱得多么深沉，也会有变得风轻云淡的一天。如若哪天我们再相见，我不会再热泪盈眶，更不会再纠结。

4

张爱玲在遇到自己喜欢的人后，说道："见了他，她变得很低很低，低到尘埃里，但她心里是欢喜的，从尘埃

里开出花来。"这句话不知道被多少姑娘奉为经典，而我却更喜欢独立的女子——如果爱情让一个人变得不再像自己，卑微且失去信心，那么这段爱情便不必再执着。

现在我习惯了没有你的生活，不会再回想和你的青葱岁月，不再期望着清晨醒来，阳光和你都在。岁月会将那些有关你的回忆冲得很淡很淡，但无论过去多久，你永远是我笔尖下的少年，在时光里辗转成歌。

在最美好的年华里，深爱过一场，而后却有不得不分开的理由。

我们都会好好的，只是已经无关彼此的生活，就像现在这样。

我许久不写情感专栏了，却在不经意的某个瞬间，想起了你。虽然还是会心疼，但我会微笑着继续走下去。眉间心头，你在我的记忆里温暖如初。

3.你才二十几岁，为什么那么焦虑

1

我头疼的毛病断断续续持续一两年了，每次头疼，我都怀疑脑子里是不是长了瘤子。

紧张之下，我去医院检查。医生给我做脑部 CT，可检查结果是：什么毛病也没有。

前段时间，我时不时地就开始头晕、胸闷，感觉全身无力。我怀疑自己可能贫血了，于是又去医院做了血液检查，结果是各项指标都正常。

最近，工作的时候，领导让我多写一些涉及茶知识的文章。

我没有灵感，加上整天对着电脑，又开始头晕了，体重一下子减到四十公斤——看着电子秤上的数字，我着实被吓了一跳。

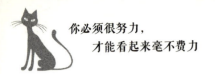

我心想，肯定是贫血、营养不良导致的头疼、头晕，于是我又跑到医院做了一次全面的体检，但结果依旧显示正常。看着体检单，一种深深的恐惧笼罩着我。

医生也没辙了，看着我，亲切地问："姑娘，你是不是经常睡不好？"

我重重地点了点头。

医生又问："你是不是操心的事特别多，情绪起伏比较大，还时常心跳加速、紧张、冒冷汗？"

我点点头说："是啊，我就是这个症状，您怎么知道？有时候总会有一些莫名其妙的人惹我生气，每当这种时候我就写不出文章，吃不下饭，也睡不好觉。"

医生继续说："姑娘，你不是身体出了毛病，是太焦虑了，你要学会调整自己的心情。我给你开点药，你坚持服用一段时间会缓解的。"

我一看处方，其中有一盒抗抑郁焦虑的药。不知道为什么，这一盒药刺痛了我的心——我明明才二十二岁，怎么就变成了这个样子？

虽然我的内心非常抗拒服药，但是为了缓解强烈的紧张感，我还是默默地把白色的小药片咽了下去，好像完成了这一种仪式，我就会安然无恙一般。

其实，我身边有许多二十多岁的年轻人经常感到身体不适。实际上，他们的健康没有多大问题，而是自己给自己施加了过多的压力，把自己弄得神经紧张——二十几岁的年纪，不去想如何过好现在的生活，而是整天纠结于各种琐事，把自己置于乱忙之中。

<h2 style="text-align:center">2</h2>

你是不是经常这样想：

一起玩到大的发小都已经结婚生孩子了，可自己还是一个单身狗；

相亲对象没有初恋的感觉，更别提动心了——既不想与这样的人共度余生，又着急找不到合适的结婚对象；

看着中专毕业就出去闯荡的同学已经买车买房，而自己每个月领着三四千元的薪水，刚刚够解决温饱；

同事很轻松地就完成了手里的工作，而自己憋了大半天也没想出一个新颖的点子……

你不知道自己怎么会这么差劲儿，身边的人和事都压得你喘不过气来，让你整个人都紧张兮兮的。

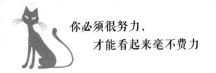

吃饭的时候，你想到这些事，吃了两口就吃不下了。你盯着镜子里那个脸色暗黄、有着浓重黑眼圈的自己，有那么一瞬间，你真的怀疑自己开始老了。

人总是这样，似乎总要等身体出现各种不适以后，才会停下来思考现在的生活习惯是不是不健康——你开始试着不再服药，而是睡前喝一杯热牛奶；就算再忙，你也会抽出时间去楼下跑几圈，活动活动筋骨；你开始学着计划好接下来的工作，并且尝试调整自己的情绪。

总之，你开始学着放慢脚步，不再纠结那些于事无补的事。然后，你不知不觉间发现自己胸闷、头晕的那个症状竟然好了。

你开始能睡着觉了，不会为了些小事焦虑，知道了谁不是慢慢前行的呢？你不需要再小心翼翼地生活，心想：其实，年轻不就是试错前行的吗？

露西·莫德·蒙哥玛丽在《绿山墙的安妮》里说："在这个世界上，我们获取任何东西都是要付出代价的。尽管远大的抱负值得拥有，但它们却不是轻易可以达成的，需要付出辛勤的劳动，进行自我克制，并经受焦虑不安和灰心丧气的种种考验。"

你要相信，那些让你感觉到紧张的人和事，只是你人生路上一点小小的考验，你放宽心了，挺过去了，一切自然也就好了。

路还长，你不必焦虑。

4. 走出舒适区，你才能活得更勇敢

1

著名作家钱钟书先生在《围城》里说："婚姻是一座围城，城外的人想进去，城里的人想出来。"简单的一句话，将许多人对于婚姻的困惑解答了出来。而我则希望，不管你是未婚还是已婚，不管你是否遇见了对的人——你都要认真思考一个问题：走出你的舒适区。

不要心存惰性，奢求过安逸的生活，更不要想着从别人身上获取安全感。好的婚姻、生活，都需要你去努力争取，用心经营。

三年前，堂姐被医生推进产房，临产的那一刻，陪伴

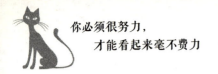

在她身边的不是自己的丈夫、婆婆，而是三婶。

当时堂姐坚持顺产，疼得死去活来。孩子终于出生了，不管心里对丈夫和婆婆有多少埋怨，在看到怀里可爱的小宝贝后也就释怀了。

少女时代的堂姐从未想过，在自己生产的当天，自己的丈夫与婆婆竟然都不在身边。所以，你要相信，不是所有最艰难、最辛苦的时光都会有人一直陪伴着你，生命里多的是"一个人挺过来，也就好了"。

2

女人总是以为嫁给一个好男人就获得了幸福，考上公务员就有了铁饭碗，过马路时只要走在人行道上汽车就不会撞到自己……

我们总是以为，只要到达某个"安全区域"就获得了安全感，再也不用担惊受怕、小心翼翼了。但生活的真相是，没有永远的舒适区，你也不可能永远待在舒适区里，所以，你必须勇敢地走出去。

大学毕业不久后，我遇见了一个很喜欢自己的男生。

那时候，我没考上公务员，打算去昆明发展。那个男生对我说："你不要去昆明好吗？留在家乡，我给你租个房子，每个月给你生活费。"

他说给我租房子，就是租那种没有独立卫生间，只放得下一张床和一张木桌的小房间，一个月五百元左右；他所说的生活费，就是一顿饭七元左右的快餐费，一个月合下来，一千元左右。

我把这件事告诉了朋友，她对我说："他自己都还花父母的钱呢，还想养你？难道你一个月就只值一千元吗？"

我甚至还记得，离开家乡的前一个晚上，原本定好的机票因为他在电话里的苦苦哀求而退了。那一晚，窗外下起了瓢泼大雨，我在电话里也哭得泣不成声。

现在我已经想不起，那时候我为什么哭得那么肝肠寸断，是因为年轻经不起一点感情挫折，还是为一个人即将背井离乡独自打拼而感到惶恐？

3

在键盘上敲下这些文字的时候，我正在丽江的旅店

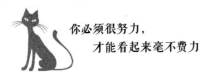

里，旅店对面是白马龙潭寺，一年四季香火不断。

旅店门口是丽江的"三眼井"，第一眼拿来饮用，第二眼拿来洗菜洗碗，第三眼拿来洗衣服。

每天早上，我都会端着一盆茶具去第二眼井清洗，井水很清澈，能够看得见水草和游来游去的小鱼。

住在对面的姑娘玉兰会在午后给我端来一碗自己煮的白粥，跟我相聊甚欢时，她会拿起吉他给我来一首《一闪一闪亮晶晶》——好吧，其实她是一个吉他初学者。

阳光很暖的时候，我们坐在竹藤椅上晒太阳，一起品茶、聊天。日子突然变得很简单，听古琴、练习茶艺、擦拭桌椅、侍弄花草、读书写作，听南来北往的客人讲述自己的前尘往事。

如果你读到这里，想必你已经猜到了，尽管那时候的我哭得肝肠寸断，内心惶恐不安，但是第二天我还是重新订了一张机票，奔赴未知的远方。

生活就是这样，如果你不敢走出自己的舒适区，那么你永远不会知道，你会在后来遇见多么美好的人和事，并邂逅一个更坚强的自己。

5. 我喜欢你努力过好生活的模样

1

不知道你有没有努力做过一件事，静下心来，一次又一次地去完善、修改它，偶尔还会恨自己为什么不能做到完美？

不知道你会不会一边担心自己能力不足，又无比渴望自己能够做好，不希望自己成为那个被淘汰的对象？

不知道你懂不懂别人对你的肯定，对你来说有多么重要？也许你能够感受到，也许你不能。

在写这篇文章之前，我刚完成了一篇工作稿。从前天的实地采访到等摄影师修片，再到我独立撰稿、排版、反复修改，从早到晚，时间就这么过去了。

我不觉着自己累，只是期待工作稿能够达到及格水平，毕竟比起 BOSS 十多年的媒体专业基础，我的能力与

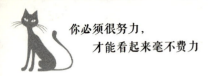

他相比只不过是寸丝半粟。

一向在写作方面自诩"七分靠天赋，三分靠努力"的我，在 BOSS 提出写作标准之时也会望而却步。工作可不像爱好那样可以自由发挥，除了认真与努力之外，你还要相信自己可以进步，在最短的时间内尽快上手。

倒也幸运，我的工作内容就是写作，虽然辛苦，但心里却是从未有过的满足。

2

稿子不达标时，并没有被 BOSS 劈头盖脸地责骂，他耐心地指导我该如何改进。我忽然想起某部电视剧里的桥段：原来生活除了辛苦，还充满了挑战，在一个又一个的挑战中获得一点点进步。

戴尔·卡耐基在《淡定的爱，优雅的活》一书中写道："我们不能像鸵鸟一样把头埋在沙堆里面，拒绝面对各种困难，因为麻烦不会因此获得解决。苦难是人类生活的一部分，只有实实在在地去面对，才是成熟的表现。"

一件事情，你选择退缩还是迎头克服，关键在于你是否有勇气。

　　二十二岁以后，我开始明白穿衣服不用那么华丽，大方、舒适才是最重要的；选择恋人不需要多么俊美、帅气，重要的是性格与包容自己的耐心；美食不一定是山珍海味，挑选新鲜的食材最重要；经历过多少挫折不重要，重要的是自己能否成为故事里华丽逆袭的女主角。

　　最好的年纪，最应该做的事情就是提升自己，过好现在。现在，我更愿意规划一下自己的生活，给自己定一个小目标，然后一步一个脚印，踏实地向前走。

　　我想用自己的努力和能力给爱自己的人一个最安心的答案：相信我，我一个人也可以过得很好。

3

　　成长或许就是这样，一瞬间多了几分烟火的味道，不再是虚无缥缈的胡思乱想，而是用行动去付诸实践。我也不再是那个怕黑就开灯，摔倒就喊疼的小女孩了。

　　离开小城镇后，不经意间听到一首曲子，都会回忆那些或酸或甜的过往，但我不再觉得悲伤，只是单纯的怀

念, 怀念那些曾陪伴我成长的人。

青葱时代, 我以为家人会永远陪伴在自己身边, 友谊会地久天长, 牵一次手就会白头到老——却从未想过, 随着年岁的增长, 我明白再爱自己的人也会离世, 再坚定的友谊也会分别, 在一起未必就会久远。

所以, 我们都是尘世间一颗小小的尘埃, 哪怕微小, 也要心怀梦想, 努力去追。

无论此时你正在辛苦工作还是努力学习, 无论是大雨滂沱还是星光满天, 只要你心里还有一束最明亮的光, 再漆黑的那段路我相信你也能够走完。

6. 与其整天抱怨, 不如努力去改变

1

周末, 闺密带我去参加一个聚会, 想着大家可以聚在一起聊聊近况、交流思想。结果晚饭才吃到一半, 就听到

小米开始抱怨：她说每天的工作量很大，工资还低，在公司工作两年多了，老板也不给她涨工资；而且，她的同事很讨厌，总是炫耀自己又买了什么东西。

小米还没有说完，王薇又开始抱怨老公经常加班，连晚饭都不回家吃，孩子几乎都是她一个人带，她还怀疑老公有外遇。这边抱怨老公的话题还没有说完，小钰又开始说她单位提供的午餐很难吃……

听着她们各种抱怨和不满，我看着碗里还剩一半的饭怎么也吃不下，心情更是灰暗到极点。那一瞬间，我心想，既然对生活那么不满意，为什么不去尝试做一点改变呢？

工作不满意，没有晋职加薪，难道真的只是公司的问题吗？自己做到"在其位，谋其职"，或为公司创造价值了吗？老公工作忙就不能多理解一点？饭菜难吃，干吗不自己亲手做？

就算抱怨再多，现实又不会因此而改变。

威尔·鲍温在《不抱怨的世界》一书中不留情面地指出："我们抱怨是为了获取同情心和注意力，以及避免去做我们不敢做的事。"

很多时候，我们都明白这个道理，但就是不愿意去面对，并去做出积极的改变。

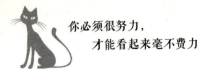

2

看过一个故事：

一位作家出差时打了一辆出租车，司机师傅穿着干净，车内也非常整洁。作家才刚刚坐稳，司机就递给他一张精美的卡片，上面写着："在友好的氛围中，将我的客人最快捷、最安全、最省钱地送达目的地。"

看到这句话，作家来了兴趣，并跟司机攀谈起来。

司机问："您要喝点什么吗？"

作家感到很诧异："难道出租车还提供喝的？"

司机笑道："是的，您想喝水还是饮料？"

作家说："那给我来一瓶可乐吧。"

司机从容地从旁边的置物箱里拿了一瓶可乐给作家，随后又给作家一张卡片，卡片上是各个电台的节目单。

作家没有要求播放广播，而是继续跟司机攀谈。其间，司机善意地询问作家车内温度是否合适，离目的地还有条更近的路是否要走。

这些小举动，令作家备感温馨。

司机对作家说："其实，一开始我并没有提供如此全面的服务，与他人一样，我也爱抱怨——糟糕的天气、微薄的收入、堵车严重得一塌糊涂的路况等，每天我的心情都糟糕到了极点。

"有一天，我偶然在广播里听到一个故事。那是一个关于停止抱怨的故事，它让我醒悟，自己糟糕的心情原来都是抱怨造成的。"

从那时起，司机决定开始改变，停止抱怨。

第一年，司机只是微笑地对待所有的乘客，他的收入就翻了一倍。

第二年，司机发自内心地去关心所有乘客的喜怒哀乐，并对他们进行宽慰，这让他的收入又翻了一倍。

第三年，司机让他的出租车变成了全美国都少有的五星级出租车，除了收入的上涨，带来的还有人气，坐他的车都需要提前打电话预约。

只不过，作家只是那天司机刚好顺路搭载的一个乘客而已。

后来，作家将司机的故事写成了一本书。有读者大受启发，并让自己的生活发生了改变，那种改变让作家知道了，停止抱怨的力量是多么强大。

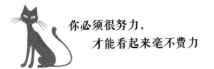

你必须很努力，
才能看起来毫不费力

3

奥黛丽·赫本说："人是从挫折当中去奋进，从怀念中向往未来，从疾病当中恢复健康，从无知当中变得文明，从极度苦恼当中勇敢救赎，不停地自我救赎，并尽可能地帮助他人。人之优势所在，是必须充满精力、自我悔改、自我反省、自我成长，并非一味地向人抱怨。"

如果有一天，你停止了抱怨，就会发现生活会变得很不一样，会发生许多改变——很多事情会变得明朗，心情也会变得开朗，周围的环境好像都因你改变了。

怨天尤人不如努力学习，不断提升自己、塑造自己。

人生不如意事常八九，无论是生活中还是工作中，我们都遇见过各种各样不顺心的事。这时候，我们难免会抱怨生活的不公，感叹自己是最倒霉的那个人。但抱怨往往解决不了什么，反而只会让事情变得更糟糕。

成功之路总会布满荆棘，要学会用正确的心态去面对生活，并用自己的努力尝试去改变，为自己赢得那片想要的天地。

你要记住：抱怨并不能改变什么，你想要的一切，都需要靠自己亲自去奋斗。与其整天抱怨，不如亲自努力去改变。

7. 你要逼自己优秀，然后有底气地生活

1

春节前跟朋友去参加一场分享会，本以为都是些硕果累累的业绩报告，没想到却被一位姑娘打动了。姑娘小名叫跑跑，她做了一个简单的 PPT，站在演讲台上，真诚地叙述着自己大学毕业后五年以来的点点滴滴。

我不知道她哪里来的勇气，二十几岁就自己创业，开了一家拉面馆。此时，她讲了一个小细节：第一次，她想试着打开煤气灶，没有经验的她捣鼓了半天也没打开，然后，就那么捣鼓着，捣鼓着，突然煤气灶的火苗一下子从眼前蹿了出来，差点把自己的眉毛烧了。

那一瞬间，她整个人都被蹿出的火苗惊住了。她说，自己从未想过有一天会经历那样的时刻。

创业以失败告终，迎接她的是一大笔欠款，还有每个月的房租。在那样的境地之下，就连悲伤都是不被允许的，跑跑每天想的都是怎样才能让生活一点点好起来。

再后来，跑跑成了我的同事。我从未见过像她那样勤恳的姑娘，做着团队里最基础的辅助工作，为了完成一份活动文案，可以逐字逐句通宵反复修改校对。

跟她相熟以后，我们也会在加班点餐的时候聊聊天。

跑跑告诉我，她经历过那样一段日子：在选择买馒头还是买面包时纠结半天，因为一个馒头只要一元，而一袋面包却要十元。最节省的时候，早上只擦一点护肤乳液，晚上只拍一点爽肤水。

跑跑说，熬过那段辛苦的日子才知道，女孩靠自己的努力来成就自己多么重要。

2

婉清学姐大二那年生了一场病。前一天她还在体育课上蹦蹦跳跳，第二天体检时却被医生告知肚子里可能长了瘤，建议她立即去医院做详细的检查。

婉清惊呆了，但下午还是请假去了医院。

正如校医怀疑的那样，她的体内有一个肿瘤，需要马上动手术，而且现在不能做剧烈运动，否则肿瘤可能会破裂导致大出血，危及生命。

对于手术，婉清心里是恐惧的。

签手术同意书那天，平日里看似对她关心很少的父亲，双手颤抖得厉害。也就是那一秒，婉清才知道，与病魔战斗需要付出多么大的勇气。

手术之后，婉清面对的是很长一段时间的康复训练，比如从简单的运动开始训练，到最后能够恢复到常人的运动量。其间，婉清还要克服别人看自己像看弱势群体一样的眼光，除了需要恢复身体，还要克服一些心理障碍。

对于婉清来说，那些都还不算最糟糕的，最糟糕的是，从确诊到康复，她的功课落下了许多。

那一年，婉清的成绩跌倒了班级的末尾，本就拮据的家庭更是雪上加霜——她因为成绩滑落得厉害，就连申请贫困助学金的资格也没有了。

婉清去找过一次辅导员，辅导员无奈地说："婉清，

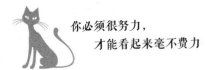

这次你的成绩没有排在前面，我虽然想帮你，但也是爱莫能助。"那一天，倔强的婉清掉下了眼泪，在心底暗暗发誓，再也不会让自己经历那样的悲伤。

"我一定要让自己变得优秀起来！"那是婉清对自己的承诺。

到了大三，婉清开始忙碌起来，平日里她专心听课，修满学分，周末做家教老师给小学生补习功课。大三结束时，婉清参与的大学生科研项目获了奖，于是她拿到了一笔奖学金。

多年后，那段辛苦的日子成了婉清青春里的一段小插曲，而她那时候坚持的勇气和努力的态度，却令她受益一生。后来，婉清告诉我：如果你的生活不顺心，你要鼓励自己变好，变得优秀起来。一切不如意过后，你的自信和勇气都是自己生活的底气。

3

我们为什么要逼着自己变得更优秀？

我听过很多答案。有人说，逼着自己变得优秀是希望自己闪闪发亮；有人说，逼着自己变得优秀，是因为想要生活得更好。但我听过最好的答案是，你用行动诠释了自己，真的可以很优秀。

其实，没有生来就优秀的人，那些优秀的人，只是习惯了躲在角落里努力，积累实力。

不管你现在的生活是否顺心，你都要鼓励自己，逼着自己变得优秀，然后过有底气的生活。

8. 比起岁月静好，我更喜欢你野心勃勃的模样

1

《那年花好月正圆》中有这样一个情节：

周莹为了提高吴氏布庄的出产效率，进口了一批织布机器，这些机器能织出比人工织的更精美的布。

吴家四老爷的土布坊面临解散，那些在他手下干活的织户也要另谋生路了。织户们听说这个消息后，苦苦哀求

四老爷："我们只会织布，要是没有了土布坊，我们这些人该怎么活呀？"

四老爷虽然不忍心，可为了吴家的发展也只好放弃了这些织户。

织户们回到家，左思右想，觉得是织布机器断了他们的生路。于是，在机器织布局开张的那天，这些人一不做二不休，拿着家伙竟然把十几台机器全部砸毁！

那可是吴家全部的心血啊，就这样毁于一旦。

看到这里，我不再同情这些失业的工人，而是觉得他们愚蠢。

"我只会织布，不会做别的。"这样的言词令人瞠目结舌，此时我想起了一句话——可怜之人必有可恨之处。这些织户薪资不高，没有过硬的工作技能，更令人担忧的是认知有限——固然，哀其不幸，怒其不争！

我们总是沉浸在自己的岁月静好里，却忘了时代如滔滔江水般向前，待你初醒，才发现别人已经跟自己拉开了差距。

我想起罗振宇在跨年演讲中说的一句话：你喜欢岁月静好，其实现实是大江奔流。

人们时常叹息：时间像一把杀猪刀，让追风少年变成油腻中年，让清新少女变成一脸戾气的中年大妈。但我相信，还有另外一种生机勃勃的活法：追风少年，后来成了风度翩翩的精致大叔；清新少女，后来成了善解人意的优雅女人。

不断提升自己，才能让自己在历经挑战时依旧能够活得精彩。不要让生活成了温水煮青蛙，也不要让你的野心继续沉睡。

2

电影《当幸福来敲门》中，男主角克里斯做一份推销员的工作，维持一家人的生活，他跟美国千千万万的普通男人一样过着平淡的生活。

可这样的平淡，却因为公司裁员、妻子离开而被打破。除了失业以外，克里斯因为长期欠交房租被赶了出去，就连儿子也跟着他一起流落街头。

那段时间，克里斯与儿子住过纸皮箱，挤过公共卫生间。直到有一次，克里斯在停车场遇见一个开高级跑车的男人，就问对方做什么工作才能过上自己想要的生活。

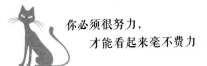

那男人说他是股票经纪人，于是，克里斯决定自己也要去做一个出色的股票经纪人，由此改变自己的现状。

于是，他抓住唯一的机会——在一家股票公司当实习生，一边照顾儿子，一边利用空余时间恶补专业知识。

勤奋聪慧的他很快就掌握了股票知识，成了一名出色的股票经纪人，不仅自己开了家股票经纪公司，还让儿子过上了好日子。

在这个残酷的时代，谁不是一边努力，一边负重前行！

其实，每一个成功的人都曾历经挫折，他们同样也期待幸福的锦鲤，只不过，他们更懂得野心勃勃和拼尽全力。

我相信，人生从来没有太晚的开始，因为残酷的岁月何曾对谁手下留情过？

我们唯一能做的不过是在这个大江奔流的时代，不要让自己的野心沉睡。愿你像电影《无问西东》里说的那样："在被打击时，记起你的珍贵，抵抗恶意；在迷茫时，坚信你的珍贵，爱你所爱，行你所行，听从你心，无问西东。"

9. 重要的是，我们不必活成自己讨厌的样子

1

所谓讨好型人格，顾名思义就是为了让别人开心，不断去迎合他人的喜好，害怕别人不喜欢自己。

昨天和朋友一起看《奇葩大会》第二季，年少成名的作家蒋方舟分享了自己治愈"讨好型人格"的经历。她七岁写作，九岁出书，从小就是那种"别人家的孩子"，受到媒体的关注，获得了无数赞美。

这种讨好型人格让她一路走来备受困扰，无法跟人展示自己内心最真实的想法，也不敢把自己最不堪的一面暴露在别人眼前。

在她的回忆里，即使在亲密的两性关系中，她好像也不会表达自己真实的情绪，也不敢同对方争吵，说出自己的想法。比如对方打电话骂她，就算不是她的错，她都

可以跟对方道歉几个小时。

后来，她选择用一年的时间去日本放逐自己——语言不通，没有朋友，也不经常上网，只做自己喜欢的事情——写日记，看书，看展览……

这段时间，在某种程度上给了她一个远距离看清自己内心的机会，并治愈自己的"讨好型人格"。

回国后，蒋方舟跟一位长辈吃饭，对方倚老卖老地教训她时，她终于鼓足勇气反驳了回去。那一刻，她觉得无比放松和解脱，还跟朋友分享："我终于敢骂人了。"

她说："社交网络的环境放大了别人对我们评价的范围，被人喜欢——这个需求被前所未有地放大，可是，讨好型人格无法吸引到真正欣赏你的人。"

这种靠讨好来成为别人喜欢的样子，最终会与真实的自己背道而驰。真正欣赏你的人，永远欣赏你骄傲的样子，而不是你故作谦卑讨喜的样子。

2

这个分享引发了我的思考。其实，在我们的生活中，这种讨好型群体真的比我们想象的还要多。

表妹就是这种讨好型人格，抛开这一点，她真的是一个很优秀的姑娘，活泼灵动，明艳动人。

大学毕业后，表妹在一线城市的一家公司做设计工作。对她来说，留在大城市是她最初的梦想，即使需要更多的努力与辛苦，对她来说也充满了意义。

就在表妹以为自己能够专心打拼一份事业时，被姑妈一个电话叫回了老家。

姑妈的说辞是："我辛辛苦苦好不容易才把你拉扯大，为了供你念大学，更是付出了不少心血。现在你毕业了，翅膀硬了就只想着自己，不想着家人了。"

表妹的理由是：不希望母亲不开心，怕被亲戚朋友说自己不孝顺。于是，她就这样回了老家，在一家小公司里做设计总监。

一开始，表妹还专注于自己的设计，但为了迎合领导、迎合市场，她不得不放弃一些自己的构思。这个不予置评，也在情理之中。

但离谱的是到了最后，只要同事请求表妹帮忙完成任务，她都会一口答应，最终演变成了只要公司同事请假，就会找她来代班。

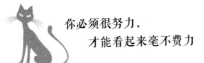

表妹害怕拒绝别人会招来他人的不满，所以她总是一味地讨好别人。当她发现自己没有得到相应的回报时，又怀疑是不是自己做得不够好，从而再次讨好他人。

久而久之，表妹潜意识里形成一种习惯，这种习惯会让她不自觉地做出一种本能的反应——不懂得拒绝。

现在，你真正需要做的不是迎合别人，而是停止讨好，做回自己。你不必向外界寻求关注，也不用从别人那里得到认同。

3

电影《被嫌弃的松子的一生》里的松子是一名中学教师，却因为一场误会被学校辞退了。后来她跟恋人同居，恋人竟然因为太爱她而选择自杀，死前还留下了遗言：生而为人，我很抱歉。

松子总是把快乐建立在他人身上：

她扮鬼脸，想让父亲能对自己笑一笑；

她希望阿龙迈进家门的时候，能吻自己一下；

她有一点小奢望——理发师会不会留着自己的碗筷，

像自己等阿龙那样？

她满怀希望地给偶像写信，是想要回信的呀！

松子的快乐，是需要别人回应温暖和爱。即使自己被轻贱，她也贪恋那种小温暖。

令人困惑的是，松子的行为完全符合《圣经》里讲的："爱是恒久忍耐，又有恩慈。爱是不嫉妒，爱是不自夸，不张狂，不做害羞的事，不求自己的益处，不轻易发怒，不记着人的恶，不喜欢不义，只喜欢真理；凡事包容，凡事相信，凡事盼望，凡事忍耐。爱是永不止息。"

但松子一步步走上的不是天堂，而是地狱。她的侄子对她的评价是："要是这个世界上有神，就应该像姑姑这样——取悦别人。可以让人打起精神，可以爱人，但她自己却总是遍体鳞伤，总是孤独。"

松子一生所求，皆是求而不得。

你只有先学会面对真实的自己，爱自己，才能成为真正的自己。但最重要的是，你真的不必去讨好别人。

4

什么才是真实的自己？

电影《无问西东》里，梅贻琦校长回答吴岭澜："什么是真实？你看到什么，听到什么，做什么，和谁在一起，有一种从心灵深处满溢出来不懊恼也不羞耻的平和与喜悦。"

你要相信，那些靠讨好才能维持住关系与感情的人，真的不值得你在意。对他人无原则的讨好和迁就，非但不会赢得尊重，还会让人看轻自己。

蝉潜伏在地下，一年又一年，默默地忍受着黑暗、阴冷潮湿的环境。但总有一天，它会迎来属于自己嘹亮或嘶哑的歌声。

骆驼刺在无边的沙漠中顽强地向下扎根，无尽地延伸再延伸，渴望探求到哪怕只有一滴水的深土里。但总有一天，它会生出绿枝，开出小花，成为沙漠中最美的风景。

努力去成为自己喜欢的样子吧，你若馨香，蝴蝶自来。

10. 愿你可以成为自己躲雨的屋檐

1

刷微博的时候，我看到一张照片：

暴雨突如其来，卖水果的小贩无处躲避，只能蜷缩在小推车底下。蒙蒙的雨雾下，形单影只的他显得那么寂寥。

评论里有句扎心的话："人到了一定的岁数，自己就得是那个屋檐，再也无法另找地方躲雨了。"

你是不是也经历过这样的心境：下班回家，万家灯火没有一盏为你而亮；明明努力了许久，却没有得到想要的结果；很多烦心事突然都挤在了一起，让你措手不及。

你眼眶酸酸的，但是却不能哭，只能把委屈藏在心里，咬着牙往前走，像是被谁触动了内心最孤独的角落。

张爱玲在《半生缘》里写道："中年以后的男人，时

常会觉得孤独，因为他一睁开眼睛，周围都是要依靠他的人，却没有他可以依靠的人。"

不敢倒下，也不能倒下，因为你要一点点熬过去。

2

一位读者给我留言："遇见过许多形形色色的人，也吃过许多亏，然后才明白，原来这个世界上除了自己的父母，没有人会掏心掏肺地对你好，无条件地信任你，更不会有人一直信任你。是我明白得太晚，靠山山会倒，靠人人会跑，人生那么长，我只能靠自己，别无选择。"

我们总要明白，没有人能够一直替自己负重前行，再苦再累，也要微笑面对。

昨天晚上快到凌晨的时候，堂姐给我发消息说："真羡慕那些一沾枕头就能睡着的人，没什么心事，活得多轻松。"

我问她："怎么了，失眠了？"

堂姐发来一个尴尬的表情："宝宝发烧了，一直哭，才输液回来，现在睡着了，但是公司的事情我还没有做

完，现在再做一会儿。明天天一亮，又是忙不完的家务和

琐事，这么一想，不知道什么时候才是个头。"

我知道，堂姐只是向我吐槽一下心里的委屈，太阳升

起，她又会像个斗士一样努力奋战。

堂姐年纪轻轻就已经结婚生子，本该肆意享受生活的

她，却要挣钱养家，还要照顾孩子，不管面对什么情况都

要打起精神去解决。

生活总是这样，没有谁能够一直顺风顺水，家家都

有本难念的经，每个人都有自己的烦心事，也有自己的

委屈。

电影《这个杀手不太冷》里，失去亲人的玛蒂达问

里昂："生活总是如此艰难，还是只有小时候如此？"

里昂回答："总是如此。"

不管这部电影看了多少遍，这句话，依旧令我难过。

3

欲戴皇冠，必承其重。

就像《迷雾》的主角高慧兰一样——作为职场人士，

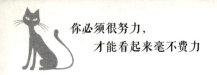

她从一名实习记者一步步爬上《9点新闻》的主播位置，随之而来的，除了危机四伏的竞争、稍纵即逝的美貌，还有即将走到尽头的婚姻。

身处困境时，高慧兰对自己说："活到现在，这样的绝境我经历了几次，每次都穷途末路又无法后退。在这样的境况里，我从来都没有逃跑或者是躲避，都是正面突破它，不管是你死还是我亡。"

无论何时何地，高慧兰总是那么冷静、克制，敢跟所有阻碍她的境遇直面较量，但她强大的背后，却藏着不为人知的苦涩与心酸。

比如，在面试《9点新闻》时，怀有身孕的她放弃了腹中的孩子。如果按常理，面临工作与孩子的选择，大多数女人都会选择后者。

做出这样的选择，意味着要承受常人不能忍受的压力，遭受来自亲人和朋友误解的眼光。

每个人都一样，都会经历一段难熬的时光，这时候你只能一个人走——愿你可以成为自己躲雨的屋檐，愿你一个人时也可以与自己温暖相依。

第三章

克服自己，才是你优秀的第一个历练场

你终究要明白，生活从来不允许你怀揣着一颗玻璃心，感到疼就喊痛，碰见挫折就退缩。职场容不下你的玻璃心，谁的职场又不委屈呢？

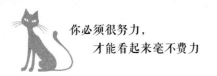

1. 从毕业到初入职场，你要如何转变心态

说到职场，有人在这里获得了成功，也有人工作多年依旧默默无闻，甚至被埋没。

每到毕业季，就有很多应届大学生离开校园步入职场。当你迈进职场里就会发现：职场不像学校，没有大学校园里的那种安逸，没有人会督促你学习，就连原来的思维模式也需要转变。

那么，你要怎样去快速完成从学生到职场人的转变呢？

一、学会转变自己的思维

众所周知，有一种思维叫角色思维，意思就是说，你属于什么角色就应该用什么模式去思考。当你步入职场，你要学会摆脱自己的"学生思维"。

同事琦琦刚进公司不到一个月，有一次老板要举办一场活动，让她去准备参加活动的嘉宾名单。

待活动快开始，负责人发现竟然多了一位嘉宾，问了很多人后，确定邀请的嘉宾名单中确实没有这位嘉宾，于是，负责人便问琦琦是怎么回事。

琦琦反复核了几遍嘉宾信息，一拍脑门，恍然大悟地说："哦，我把一位嘉宾的名字打错了！"

负责人气得脸色铁青，当即批评琦琦怎么不把人名核对清楚。琦琦却狡辩说："我才来几天，还是一个新人，那么多人名呢，我怎么可能一下子就记住？"

显然，琦琦回答的方式依然停留在"学生思维"里。但是，当你走进职场就意味着你是一名职场人，就要避免用学生的思维模式来处理问题——要学会转变自己的角色思维，这样才能更快地适应职场。

二、树立自己的职场目标

托尔斯泰说："生活需要制定目标，一辈子的目标，一段时期的目标，一个阶段的目标，一年的目标，一个月的目标，一天的目标，一个小时的目标，一分钟的目标。"

工作亦是如此，一个人如果没有目标，就像是航行在大海里的帆船失去了方向，不知道要往哪里去。当你确定目标并为之努力的时候，你就不会像个没头的苍蝇四处乱撞，觉得无事可做、虚度时光了。

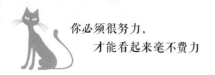
"不积跬步，无以至千里。"当然，制定目标要从小做起，哪怕你只是推送一篇公众号选题，首先也要学会分析推送什么类型的选题。确定好选题之后，才能去找相应的资料或者素材，最后据此开始撰写。

你需要把目标细化，从一整年具体到每月、每周、每天，只有朝着自己的目标前进，你的工作才能更加顺手。

三、从被动学习转变为主动学习

学生时代，大多数人的学习方式都是被动学习。每学期要学什么课程都是学校安排好的，甚至每一门课程也由任课老师画出了重点，你只要达到一个基本要求——按时完成，就能顺利通过考试。

许多学生的学习，都是为了完成学习任务，而不是想着要主动去学点什么。

但是，进入职场再也没有人会像老师一样整天给你提示，或者赶着你学习。这时候，如果你想胜任职场工作，那么就要学会转变"学习思维"，变被动学习为主动学习，为自己赢取工作机会。

谢丽尔·桑德伯格在《向前一步》里说："在某个特定时期，迅速学习并做出成绩的能力才是最重要的。当你寻找下一个目标时，其实没有所谓的完全合适的时机，你得主动抓住机会，创造一个适合自己的机会，而不是一味地拒绝。

"学习能力是一个领导者必须具备的最重要的特质，这就是我想要的，也是我应得的。把自己的需求同一个群体联系起来，当你想要让事情有所改变时，你不可能取悦每个人，而如果你去取悦每个人，你就不会获得充分的进步。"

所以，在职场中坚定"主动学习"的方式，才能让自己在工作中掌握更多的技能。

四、对自己所做的工作负责

当你承担起一份工作的时候，无论任务是大是小，你都需要负起相应的责任。

《小王子》里面有这样一句话："一旦你驯服了什么，就要对她负责，永远地负责。"

在职场里，哪怕你实力很强，但仅仅这样也是远远不够的——因为想要得到重用，还需要有承担责任的勇气。

一个具有责任心的员工，不仅能按时完成自己的工作，还会时刻为团队、公司着想。只有那些具有强烈责任感的员工，才有更多展示自我、获得晋升的机会。

不过，责任并不意味着瞎许诺。

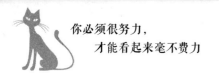
很多人会有一个通病：草率地给别人承诺，承诺之后却发现事情不能轻易完成，在无形之中给自己施加了压力。而且，当你一旦违背承诺，你在公司的信任度就会大打折扣。

所以，做事之前要深思熟虑，不要轻易地答应别人，一旦许下承诺，就要确保自己能够完成。

从学生转变为职场人并不难，只要你学会转变自己的心态，学会转变自己的思维模式，坚持学习，就一定能适应职场之路。

2. 收起你的玻璃心，谁的职场不委屈

1

上学的时候，我很喜欢看《杜拉拉升职记》，当时我心想："为什么看似光鲜靓丽的都市白领，背地里却要钩心斗角，为了做业绩、拉客户，跟同事斗得你死我活？"

那时，我最大的愿望就是当一名山村支教老师，跟孩子们在一起，过着快乐、简单的生活。

没想到的是，毕业一年后我居然也走进了职场，开始了自己的职业生涯。

虽然我入职时间不长，算是新人，但也算一路过五关斩六将才赢得了工作的机会。尽管我的职位只是一名默默无闻的编辑，但我始终抱着"在其位，谋其政"的心态，想着把自己手上的工作做漂亮。

于是，我看到了自己的另一面：我发现，原来加班没什么可埋怨的，有时候加班不代表你没有完成工作任务，而是想把事情做得更漂亮一些。

我开始觉得，哪怕生病，只要你还能坐起来，那你就有义务把手上的工作做好，毕竟你拿着人家给的报酬，就应该负起该负的责任——因为职场不是你的家，不是你的学校，它是弱肉强食的江湖。

2

当我发出这番感慨之后，朋友说，你的生活还真是精

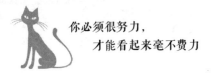

彩，你开始活得像你笔下的女主角了。

其实，生活哪里有那么多的精彩，它只是容不得你矫情，独立原本就是一件需要慢慢学习的事。

在这条路上，你会遇见许多意想不到的事，比如有一天清晨醒来，我看到一只老鼠从床头跑过，我居然没有尖叫，也没有被吓到，我只是庆幸，它没有从我身上跑过去。

那一刻，我忽然觉得自己像个女英雄！

再比如，我左手拎着包，右手拿着电脑和雨伞，就因为怕错过 61 路公交车而心急如焚。有时候，我也会为了省一顿饭钱而选择下一碗时蔬面条，加点肉末便觉得很满足了。

是的，在那之前，我没有真正工作过。我所谓的挣钱，就是靠自己写一篇又一篇的文章挣稿费，或是读者的打赏，所以说，这些年，我除了用文字换取一点报酬，还没有以其他正式的方式养活过自己。

曾经，我也有过一边旅游一边写书的想法。可后来发现，那样的生活看似美好，但想要如愿以偿还是需要一点资源，比如旅行的资金。这么一想，我对于去工作这件事便不再有抵触情绪。再后来，我发现人还是不能与社会脱节，因为真正打动人心的作品，还是来源于生活。

我开始收起浪漫幻想的粉红心，开始安安稳稳地做事。对于下笔，我也变得不再随意。对于生活，我也多了一份认真。

3

有一天，我看到一个姑娘面试迟到了，我以为她会先认真地跟 HR 道歉，但她并没有，而是一直在解释自己迟到是因为堵车。

结果可想而知，不守时间观念的人，总是会吃点小亏。

我看着她转过身去，脸上写满了委屈。我很心疼她，仿佛看到了小学时代我因为迟到被老师当着全班同学的面训斥的情景，那时我噘着小嘴，也是一副委屈的模样。

我不知道，她是否因为不守时而错过了一次工作的机会，但我知道，迟到是不对的。虽然我们每个人都不可能做到完美无缺，但是延误了别人的时间，就应该向他人道歉。毕竟，职场不容许你任性。

渐渐地，我开始思考工作的意义。那些职场精英总能收起自己的玻璃心，不会因为别人的一两句话就心生委屈。

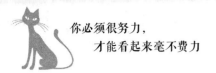
最重要的一点是，他们永远不会忘记自己在为谁做事。

与其纠结该选择哪一家公司，不如做好手里的工作，要明白，你做出成绩才是最好的成果。

想要在职场做出成绩，你需要主动学习很多技能，不能再奢望什么事都有人教你，你要学会用眼看、用心听、认真思考——如果凡事你都不思考、不总结，你就难以取得进步。

虽然我心疼你已经做了很多很多事，但却因为出了点小差错就被领导批评；心疼你没有什么家庭背景，本该属于你的职位一朝被他人夺去；心疼你无助、迷茫，却又对未来充满渴望的眼神……

但是，你终究要明白，生活从来不允许你怀揣着一颗玻璃心，感到疼就喊痛，碰见挫折就退缩。职场容不下你的玻璃心，谁的职场又不委屈呢？

3. 如何看待从事与自己专业无关的工作

1

收到一封读者来信，其中有一段话是这么写的："大学毕业以后，许多学长学姐都从事着与自己专业无关的工作。我是英语专业的大三在读生，我非常迷茫，感觉现在学的专业没有实际意义。"

其实，不只是这位读者有这种困惑，许多大学生都有这样的困惑，很多人大学毕业以后都从事着与自己专业无关的工作。

我的朋友吴玉也是这样，她上大学时学的专业是室内设计。

那时候，吴玉的理想是成为一名优秀的室内设计师，但是大学毕业以后，她并没有如愿地实现理想，也没有从事相关方面的工作。毕业后，她考取了教师资格证，又通

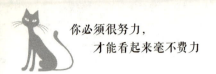
过国家教师招聘考试，最后成了一名小学语文老师。

后来我问她："你对现在的工作满意吗？"

吴玉告诉我，她觉得很好，而且她的学生都很可爱，她会为学生取得的点滴进步而感到骄傲。虽然她很遗憾没有成为一名优秀的室内设计师，但并没有觉得现在的工作不好。

吴玉认为，每一份工作都有坚持的意义。

表姐学的专业是土地资源管理，大学毕业后，她没有成为一名人民教师，也没有成为土地局里的工作人员——她现在的工作是"德克士"的办公室职员，负责员工职业培训的管理，同时也策划一些活动。

我经常看到她在朋友圈里更新一些工作照片，她带着小朋友做活动，脸上洋溢着灿烂的笑容。

在一些人眼中，在"德克士"工作好像只能做服务员。其实，这样的认知是有误的，每一种行业里都有许多可选择的职位，只要你用心去做，就能取得好成绩。

2

我是如何看待从事与自己专业无关的工作的？

我们可以先分析一下，为什么有很多应届大学生不找跟其专业相关的工作？原因不外乎以下几种：

一、不喜欢自己的专业

许多大学生虽然选择了一门专业学习，但它可能并不是自己喜欢的专业。比如，学计算机的同学喜欢中文专业，学英语专业的同学喜欢历史专业，这种情况不在少数。

由于高考填报志愿时没有填报好，导致即使真的大学毕业了，大家对自己所学的专业也没有兴趣。而这些人大学毕业后，就会选择一份自己喜欢的工作，所以从事本专业的职场人少之又少。

二、本专业就业困难

朋友的专业是汉语国际教育，向他人介绍自己的时候都说"给外国人当汉语教师"，看似很高大上，但现实中，他们大多数人都到教育机构当代课老师，由于工资少、工作量大，很多人做不了多久就转行了。

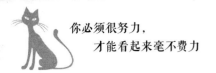

当然，也有人比较幸运地到开设汉语课的学校当志愿者，偶尔还能去国外待一两年，可一回国就等于失业了。

3

就业难已经成为现状，每年一到毕业季，就有媒体争相报道"就业难"。

现在，每年毕业的大学生都在增长，可对于那些普通院校毕业生来说，很难跟重点院校的毕业生竞争，而且选择空间也会相对比较小。

也有大部分人特别喜欢自己本专业的工作，可又面临不好找工作的难题，有时候这也是一种无奈。就像那些学习小语种的同学，能当上翻译的人少之又少。

大多数人找工作，首先考虑的就是解决自己的生存问题。能够从事与专业对口的工作固然是一种幸运，但大多时候，我们都从事着与专业无关的工作。

这时候，我们就需要调整好自己的心态。即使选择的这份工作你并不是那么喜欢，但它并不代表没有意义，你可以学习的地方还有很多。

比如，去慢慢积累一些实践经验，不至于像个学生那样被催着学习；可以把思维从被动调整为主动，去分析总结你所从事行业的现状；学习同事身上的优点，弥补自身的不足。如此，你才能变得更好。

4. 跟对人，也是一种出色的能力

1

众所周知，一个优秀的职场人应具备多种能力，比如沟通能力、学习能力、创新能力、执行能力等等。

不过，在职场中光具备这些还不够，有一条成功法则最为重要，那就是跟对人。风投行业里有这样一句俏皮话：站在风口上，猪也能飞起来。

看过这样一个故事：

一名老司机给老板开了三十多年车，到了快要离职的年纪。老板觉得司机这么多年一直恪尽职守，不曾抱怨过

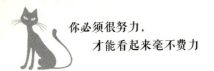
半分辛苦，想让他能够安度晚年，于是在他离职之际给了他一张二十万元的支票。

司机看着支票，对老板说："谢谢您的好意，这张支票您收回吧，现在几百万我还是拿得出手的。"

老板感到很诧异，便问："你每个月薪资只有五六千元，你是怎么存下这么多钱的？"

司机回答："我给您开了这么多年的车，时常跟着您，您坐在后面打电话时说买哪儿的楼盘，我也跟着去买了一套；您说要买哪只股票的时候，我也跟着去买。到现在，我手里已经有近一千万元的资产了。"

这个故事告诉我们：跟着优秀的人，你也差不到哪里去。

2

堂哥大学毕业一年后，考上了乡镇的公务员，成了一名公职人员。再后来，年轻有为的他已经当上了副乡长。

其实，他之所以能够年纪轻轻就升职加薪，不是靠着什么拉关系走后门，而是有跟着领导学习的能力。

堂哥工作一年后被调到县城，成了县长的秘书，跟着领导出席大大小小的会议，听领导讲话。

　　那时候，堂哥经常要给领导写发言稿，虽然会议常常只开一两个小时，但他却要花上一天半天的工夫去修改发言稿。

　　堂哥告诉我，每次给领导写会议发言稿之前，都要看许多相关资料并进行分析、总结，领导在开会讲话的时候他也会仔细聆听，一句句咀嚼，体会领导的用意和想法。他再开始换位思考：假如我是领导，在这样的场合下我应该怎么说，怎么做？

　　到了后来，领导看了堂哥的会议发言稿直接说："好，就这样，不用再修改了。"

　　有时候我们百思不得其解，工作中怎样才可以跟同龄人拉开距离？其实，无非就是学会学习，不断思考，不断总结，不断提升自己处理事情的能力。

　　跟着优秀的人，耳濡目染，往往在不经意的时刻，你发现自己也跟着变优秀了。

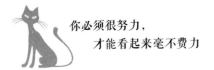
3

我曾看过这样几则新闻：北大的保安考上了××大学，还获得了研究生学位，自己成为了人民教师；新东方英语老师家的保姆，也能说一口流利的英语……

记得高中语文课上，老师要大家写一篇作文，题目叫作《近朱者赤，近墨者黑》。这些话语都在强调跟优秀的人接触可以产生正面影响，跟差劲的人接触则会产生负面影响。

还记得《孟母三迁》的故事吗？

孟子小时候很贪玩，但学习能力很强。他家原本住在坟地附近，有一次，孟子跟着小伙伴玩起了"跪拜哭丧"的游戏。孟母认为这样非常不好，于是便带着孟子把家搬到了集市附近。

结果，孟子又模仿小商贩玩起了做生意和杀猪的游戏。

孟母认为现在的环境也不好，于是把家搬到了学堂附近。这一次，孟子就跟着学生们一起学礼仪、学知识了。孟母见儿子认真学习，心里很高兴，便不再搬家了。

这个故事告诉我们：在什么环境，跟什么人相处，对一个人的影响非常大。

所以说，跟一个消极的人在一起，你不会变得很努力；跟一个懒惰的人在一起，你不会变得很勤快；跟一个脆弱的人在一起，你不会变得很坚强。

有时候，决定你成败的不是因为你是什么样的人，而是因为你和谁在一起。

5. 你想升职加薪，你得有能力才行

1

毕业以后，很多当年成绩不如你的同学年薪都慢慢赶超了七位数，而你还是刚毕业时的状态——"月光族"一个，就连五位数的存款都攒不下来。

你明明很努力，可是升职的人不是你；当别人月收入上万元，你还在为几千元月薪挣扎着——是你努力的方向

不正确，还是你的能力差，这些问题你认真思考过吗？

《人间至味是清欢》中有一句话是这样说的："公司不会养没用的人。但凡是成功的职场人士，他们身上都有着独特的能力和人格魅力。领导看重的不是你跟他的关系好坏，而是看你对公司是否有用。"

美国西点军校也有一句名言："态度决定一切。"没有什么事是做不好的，关键是你的态度如何。因为你对一件事情付出了多少，采取了什么态度，就会产生什么结果。

每个人在职场中都会遇见各种选择：去小公司做"鸡头"，还是去大公司做"凤尾"？去小城市找份安稳的工作，还是去大城市独自打拼？去事业单位，还是去私企？

这时候，选对平台很重要。选对了，你能够在短时间内学到很多东西，得到锻炼。反之，就要度过一段难熬的日子。

2

职场里，不是一味地努力就可以的。当你付出了许多汗水，升职加薪的那个人却不是你时，你就要思考自己是否具备职场的生存技能。这包括以下几方面：

一、关心周围的事情，哪怕只是一件小事

一些职场人总抱着这种心态："这事跟我没多大少关系，我为什么要关心？"于是，他们只做好自己分内的事。

用这种"是否有直接关系"竖起一道过滤墙，会让你错失许多机会。新媒体刚兴起时，一个做纸媒的朋友没有察觉，等他反应过来的时候，全国已经有一千二百多万个公众号了。于是，他与机会失之交臂。

其实，一些信息现在看似跟你没关系，但不代表你永远不需要它。保持对周围事物的敏感度，擅长接受新鲜事物，能够让我们获得更多的机会。

二、转变你的"学生思维"，主动学习

很多职场新人都存在"学生思维"，工作的时候总是等着别人来教自己怎么做，以为领导总是会分配任务。其实，这样的想法是错误的。

领导喜欢主动负责并把工作做好的员工，而不是什么事都等着领导安排、不懂还要手把手教的员工。毕竟职场不是学校，不会有老师引导你完成或者为你指出不足，督促你进步。

在学校里，学习的课程是不分先后的。但是在职场中，你要学习的内容，要完成的工作具有优先级，你要先分配好各项工作的时间，然后再认真完成。千万不要把所有工作都揽过来做，要学会先做重要、紧急的事，把简单的排在最后。

不要做"低品质的勤奋者"——看起来很努力、很忙，工作却没有什么太大的成效。你要摒弃"学生思维"，这有助于你成为一个成熟的职场人。

三、熟练使用办公室软件

无论做什么工作，办公软件都是一项必修课。Word、PPT 如何整齐排版，Excel 的应用函数，如何熟练运用 Outlook 邮件系统等，都是一个职场人必须学习的技能。

不要觉得这些技能与你无关，可以放在一边不去学习。尤其是在办公室办公的人，还要学习复印机、扫描仪、传真机的使用。学会应用这些技能，能帮助你提高工作效率，还能避免请同事帮忙给他人增加负担。

其实，这些技能都是一个人在实习阶段就应该掌握的初级技能，虽然不是什么核心能力，但也是必要掌握的基础技能。特别是现在，还要学会公众号的编辑、排版，学会使用不同的排版编辑器，这也是一项新技能。

所谓"不积小流，无以成江海"，做好职场的基本功，绝对是一个人成功的良好起点。

四、管理好自己的情绪

记得之前在网上看过一个人的帖子，讲的是自己失恋了，根本干不下去任何事情。领导了解情况后，给她减轻了工作量，让她慢慢调整自己的情绪，这让她对领导的好一直念念不忘。

情绪是一件杀人于无形的武器。

很多年轻人觉得自己的工作没劲，过的不是自己想要的生活，将自己对工作的迷茫都体现在情绪上——情绪好的时候，工作起来有激情、有干劲；迷茫的时候，工作就无精打采，对什么都漠不关心。

请不要忘记，情绪是自己的事情，无论你自己多么迷茫，多么难受，公司既然支付你一天的工资，就没有理由让你带着情绪干活。

五、工作之外也要学习

每天下班后，你是选择追剧，还是选择有效地阅读一本书？周末的时候，你是选择与朋友聚会，还是选择报个班参加培训，考专业证书？

其实，你下班后的学习也决定了你与他人的差距。

　　大多数人上班以后就不看书了，也失去了学习的动力。他们总觉得上班就是为了挣钱，每天干多少事，挣多少钱，根本不需要在业余时间努力。

　　可是，当你跟朋友撸串、喝酒时，玩游戏对着电脑屏幕哈哈大笑时，无聊地举着手机刷了 N 遍朋友圈时，别人可能正在进行 Word、PPT、PS 的技巧学习，他们可能在研读一本工作上的专业书籍，或去参加一场行业沙龙向同行请教学习……

　　一个人的努力程度并不在于他加班到几点，而是他在不工作时愿意花多少时间去做与工作相关的事，愿意付出多少努力去提升自己。

　　想要升职加薪，你需要具备一定的核心竞争力。就像此时，你要问问自己，这些能力，我学会了吗？

6. 你有一千个想法却不如一次行动

1

　　那个身材肥胖的同学总是喊着要减肥，每天都说从明天开始，可是即便过了无数个明天，她还是没有开始；那个说从明天开始要坚持跑步的同事，每天都说要跑步，却从来没有真正迈出过一步。

　　你每天对自己说想做这个、要做那个，可是你从未行动过一次。

　　你对世界充满好奇，你产生了各种各样的想法，那些想法有时候就像万花筒一般，似乎每一面都很精彩。可是，你却从未把万花筒拿起来，亲自转动看一看，你永远都不知道生活的真实面貌是什么样的。

　　有些事纵使去做了，也不见得会有什么好结果。但如果不去做，那就永远没有结果。

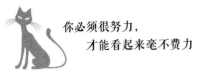

不管是工作中还是生活中，帮助我们取得成功的并非"意志"，而是行动。

只有立即行动，才能改变一切。

大学毕业一个月后，得知自己没有考上公务员，我首先想到的就是：阿夜，你必须先找到一份可以谋生的工作。

虽然当时我住在自己家或亲戚家，作为亲人，他们都不会多说什么。但是，作为一名毕业生，就意味着我不能一直活在父母的保护之中，也不能总是想着让父母为我提供一切物质保障。所以，毕业后我必须参加工作。

作为一名毕业生，我要时刻记得自己的身份，放低姿态，从零开始，虚心学习，努力争取机会。

2

今天收到 JC 公司的实习通知，虽然感到很意外，但想到即便在试用期自己也应努力去完成工作，便觉得是合乎情理的。如果之前我没有坚持住，在试用期中虚心学习、争取机会，又怎么会得到现在的结果？

一开始去公司的时候，陌生的环境和不熟悉的同事都让我觉得无比紧张。

随后，我发现自己大学四年学的专业几乎没什么用处，当时心里有种说不清、道不明的失落感。但想到自己是通过专业学习拿到了毕业证、学位证，这才获得了面试机会，便觉得看待事情不能只看一面。

很多时候，看似没用的事物，其实并不是真正的没用。凡事有因才有果，若是细细去思索，你会发现，没有什么事物是凭空而来的。

我们现在所得的结果，正是由之前无数个行动积累而来的。

正如石田淳所说："在行动科学管理术的理论中，一切结果都是行动的积累。好的结果是由好的行动不断重复带来的，而不断重复坏的行动只能带来坏的结果。"所以，我们此时应该关注的不是自身的性格，而是态度和行动。

也许很多事情我们都不能预料到结果是好是坏，但是，我们至少可以决定自己要不要付出行动。有一点是肯定的：不去做，便什么结果都没有。

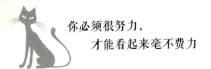

3

不管是学习还是工作，先不要去想"会怎么样"，你需要做的，是真正地行动起来，把眼前的事情做好。

《从行动开始——自我管理的科学》中的一段话让我感触颇深：当你想实现某个目标或者想要变成理想中的自己时，都应该把焦点放在行动上。只有行动起来，才会发现自己好的地方和不好的地方，以及应该改善的地方。至于改善的方案是否有效，是需要通过行动来进行判断的。

这段话，让我想到了喜欢一个人，特别是暗恋一个人——那时，你心里会幻想无数种跟他约会的画面，可是，就连一句简单的"我喜欢你"都从未对他说出口，他连你喜不喜欢他都不知道，你和他之间又怎么可能有发展呢？

这也是为什么有人经常鼓励我们喜欢就要大声说出来，因为尽管对一个人有过一千个想法，却不如你的一次行动来得有效。

或许人家刚好也喜欢你，那么你们便可以继续发展；

万一人家真的不喜欢你，那你也可以对自己的行动做出判断，是继续追求还是放弃。但是，如果你连第一次行动都不做，就永远不会有结果。

生活中很多看似平淡无奇的时光，也许会变成暗藏惊喜的好时光!

7. 这个世界没有平白无故的幸运

1

敲下这个标题的时候，我刚背了半小时的英语单词。或许是我人缘不错，朋友把她的学习资料拷贝了一份给我，说得简单点，就是我学习的资源是免费的。

为什么要学习英语?

不是为了考证，也不是为了考雅思出国留学，只是单纯地想要学习一项技能。而我一直相信，总有一天我会用得着。

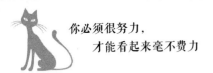

　　上大学的时候，学习意识薄弱，不懂得多考几个证意味着什么。直到我因为没过英语四级而与心仪的岗位失之交臂后，才悔恨当初为什么不多努力一点。

　　如果当初多努力一点，我也不至于失去一个机会了。如果你还在迷茫考证是为了什么，我可以斩钉截铁地告诉你：为了在未来里多一次机会，多一次改变自己生活现状的选择。

2

　　有个年长的姐姐对我说："阿夜呀，真羡慕你们二十岁出头的小姑娘，身材好、皮肤好，还有大把的青春可以挥霍……"一时间，我竟无言以对。

　　其实，我并不喜欢二十岁出头的自己，物质贫瘠，工作不稳定，甚至还在努力考试、找工作。有的姑娘甚至颠沛流离地辗转于各个城市，就为了投递一份几乎零经验的简历——那么辛苦，就是为了获取一次机会。

　　二十岁刚出头的姑娘是美丽，也有大把的青春可以挥霍，甚至可以凭着高颜值换取一张通往婚姻的门票，换取一张长期饭票，然后就会有丰厚的物质，名牌包包……可是，亲爱的姑娘，你不要忘记了，青春不是用来挥霍的，而是用来奋斗的。

你不要埋怨读书有什么用，考公务员又有什么用，如果有更好的生活，我们都会选择——不是所有人都热爱漂泊，不是所有人都觉得颠沛流离的生活是多么惊心动魄。

我的身边有太多同龄人拿着父母的钱不好好读书、不好好备考，而是选择一头扎进酒吧里开 party。有太多嘴里说着努力、行动却只是停留在开始的人，当然，也有恨不得把一天当作两天用而坚持学习的人。

如果你还要把安逸舒服留给现在，那么，未来的你势必要经历更多的辛苦。

请记住，不要在该吃苦的年纪选择安逸。

3

离开家的那一天，我拿着稿费走进了培训班，心里只有一个信念：我要考上事业单位。

我不敢保证自己会一辈子在事业单位工作，但至少在

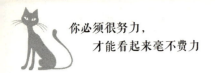

未来的三五年，甚至十几年里，我可以选择一份稳定的工作。有了稳定，我便可以肆无忌惮地发展自己的兴趣，为自己积累资源，为更好的生活做准备。

哪怕最后努力的结果不尽如人意，但至少我坚持过、努力过、奋斗过，而不是等到坏结果出来的时候，坐在那里叹息："为什么我当初不好好复习，不好好看书呢？"

生活中多的是有先天优势的人，在不能拼父母、不能拼背景的时候，能拼的就只有努力。你要相信，没有平白无故的幸运，前提是你要用足够多的汗水去改变现状，去改变懒惰，去改变毫无动力的自己。

4

无论你选择什么样的生活，有一点是不变的，那就是你需要吃苦和奋斗。

我在培训班认识了一个姑娘，我叫她小夏。

小夏的母亲因为脑梗现在还在住院，她一边照顾病重的母亲，一边在工作，到了周末或者有空的时候才来培训班学习。

小夏的生活已经那么糟糕了，可是我从来没听她埋怨过什么。

　　我打从心里佩服小夏这样的姑娘，她们不恋爱、不迷茫，有孝心也有动力，她们渴望着未来可以过得更好一点，一切都可以变得更好一点。

　　生活给小夏带来的不仅是压力，还有巨大的动力。她没有被生活打倒，反而越挫越勇，去争取每一个机会，去期待明天温暖的太阳。

　　小夏之所以看上去轻松，就是因为她把辛苦留给了自己，选择辛苦的同时也选择了努力。

　　这个世界没有如愿以偿的生活，多的是压力与迷茫，你避免不了，但你可以选择接受并去改变它。

5

　　愿你不要太晚才明白：这个世界并没有哪一条路是容易走的，无论你选择走什么路，辛苦都会随之而来。既然如此，又有什么好畏惧的呢？

　　未来不会辜负你的努力，你终将会闪闪发亮地拥抱自

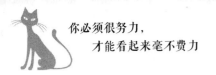

己喜欢的生活。

余光中说："女孩因物质而选择男人是可惜和浪费的，她们失去了追寻自己是谁的机会，吃苦趁年轻才能发掘出身体里的宝藏，老了面临险境后悔晚矣！不要选容易走的路，那其实是最艰难的。未经世故的女人习于顺境，易苛以待人；而饱经世故的深谙逆境，反而宽以处世。"

如果你觉得现在很辛苦很累，那就对了，因为年轻就是拿来奋斗的——你现在选择了辛苦，未来就多一分轻松；你现在选择了努力，未来就多一分幸运。

从来没有永恒不变的光彩，有的只是坚持不懈地用尽全力。从此刻起，请你抛弃迷茫，活出最该有的模样！

8. 业余时间，决定了你与同龄人之间的差距

1

上天给我们每个人的时间都是公平的，一天二十四个

小时，然而有人能把一天当两天用，有人给他再多的时间也不够用。

大部分 90 后都走上了工作岗位，还有一部分人已经结婚生子。

我们总说时间就是金钱，可见，时间对我们而言是多么宝贵。

最近，一个朋友跟我抱怨："阿夜，你快教教我，你是怎么管理时间的，我发现要做的事情有好多啊，可是我的时间真的不够用。"

我问："讲讲你的一天是怎么度过的？"

他说："我早上八点半起床，九点上班，下午六点下班，上班就是打打杂或处理一些文件，几个小时就搞定了，感觉什么东西都学不到。

"下班后我要和朋友聚餐，去超市买生活用品，还要追新剧《醉玲珑》。可老板却让我在下班后看看专业书，他不让我加班还好，一加班连看电视剧的时间都不够，我哪儿有那么多时间——每个月才领那么点薪资，让我怎么给他花费时间嘛！"

我好奇了，问他："你一个月的薪资有多少啊？"

"才四千元，十三姐，你说是不是有点可怜？我先不

跟你说了，电视剧要开始了。"

我不知道怎么说了——我差点就说，这么好的工作你介绍我去吧。我一个月工资才三千元，除了正常上班、加班，下班后还要恶补茶叶知识，还要看文学作品，还要策划选题，自己写原创稿，还要编辑、排版、推送个人公众号。

2

前几天，有个编辑朋友跟我聊天，暂且称她小水吧。

小水是某公司公众平台的小编，我们能认识是因为她在我的简书后台追着我要文章，她的一句"工作不易，请尽快回复"让我哭笑不得。我隔着屏幕想，这个小编的工作得多辛苦才如此急切。

后来我们加了微信，我才知道小水在广州，今年大四，还没有度过实习期，住在学校里，每天挤地铁公交上下班，光在路上的时间就得四个小时。

想起我每天六点多就得起床挤公交，对于她所说的，我感同身受。我们都是在路上辗转奔波，为了一份工作，为了让自己变得更好——我们如此坚持，希望在坚持后开出一朵最美的花来，馨香美丽。

小水告诉我，她在一家很小的公司工作，因为刚入职觉得压力特别大，也不清楚编辑工作具体需要做什么，工作内容主要是整理一些明星故事类文章，偶尔也写几篇原创稿，总是感觉自己没什么进步，学不到太多东西。

那天因为要赶稿子，我就没有跟她说太多，但是我想说："你还那么年轻，这么着急干吗？学什么东西，不都是一步一个脚印来的？不清楚编辑工作，可以先去做一下功课，比如编辑需要具备的能力与条件等。"

当然，公司不比学校，许多东西都是需要自己去学的，仅用上班时间来学习是远远不够的，你要学的比你想象的多。

3

我发现一个现象，为什么一起参加工作的同龄朋友，有的人在公司小有成绩已经升职加薪，有的人自己创业已经步步高升，而你总是说没有时间，时间不够用，不知道

学什么，学到了什么。

其实，刚开始走入工作岗位时，每个人都会有这种迷茫的状况，但迷茫不可怕，可怕的是你知道自己迷茫却还不去改进。

我有一个北京的朋友叫二狗（我起的外号），跟我同龄的，每个月工资是我的三倍。我经常在下班后跟他通电话时会问上一句："二狗，你在干什么呀？"

他每次回答都是两个字："跑步。"

我就纳闷了："你在北京这个一线城市，每天挤公交、挤地铁，下班后还要自己做饭吃，朝六晚九的，你说在跑步，你哪儿来的时间？"

他回答："时间挤一挤就有了，锻炼身体时还可以思考一下最近发生的事。"

我和二狗有一个共同的爱好，就是下班以后都喜欢看书、思考，再写写稿子。不过我写生活情感类的文章，他写的是技术总结。不同的是，他在一线城市，我在云南的边疆小城。

除此之外，周末的时候二狗还要做兼职。我又问："二狗，你做的什么兼职呀？"

二狗说："我在做网站。"

进步，就是你愿意花更多的时间努力做好每一件事。

4

在我们这里，同龄的男性朋友下班后最喜欢看球赛、打游戏、唱KTV、聚餐、喝酒、打牌，很少见到下班后有谁能抽出时间锻炼身体、看书思考的。

其实，很多差距就是在这些下班后零碎的时间里拉开的。

你总是看起来很努力，可你的努力用对了方向吗？

你总是看起来很勤奋，可你的勤奋真的有意义吗？

你总是说时间不够，可你挤出过一点时间，花过一点心思在学习上吗？

没有用心，何以谈进步？没有付出，何以谈回报？

谁不希望自己就是偶像剧里的女主角，好像只要在等心仪的男主角，就会有人来为你的生活埋单——你既不用付出什么，还能享受到他的宠溺。

谁不想啊！我也想。

可是我更清楚，生活从来不是偶像剧，除了需要做好

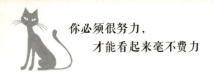
一份工作，还要学习很多专业知识。

如果你想变得更优秀，就要拉小与优秀者之间的差距。所以，毕业后你要认识到自己的差距，因为感受到差距的存在，才会让你跑得更快。

想要拉开与同龄人之间的差距，下班以后，请你利用起自己的时间，多学点有用的知识。年轻的时候，谁不是一边学习一边前进的？

给自己一次机会，拼一把，把差距缩小一点，让时间变得更有意义。

第四章

最好的学习，就是努力提升自己

你要相信，生活里从来没有什么怀才不遇，如果你觉得自己总是怀才不遇，或许你应该好好检视一下自己，是不是基本的事情没有做好，也没有好好积累自己的实力。

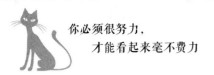
1. 专注，是年轻人最好的修行

1

小学一年级的时候，老师说："同学们，回家以后记得要把课文后面的生字抄写一遍哟！"

那时候，我们回到家的第一件事不是想着玩、吃零食，而是认真地完成老师交代的任务——用心抄写生字。尽管那时的我们总会把字写得歪歪扭扭，像蚯蚓似的，却是那么认真、专注。

随着年龄的增长，我们有了自己的主意。下课以后，我们不再想着老师安排的任务，也不记得父母的嘱咐："放学以后要赶快回家，不要贪玩。"

我们贪恋于路边的小花小草、小猫小狗，同学的父母又给他买了新玩具，周末是看动画片还是去游乐园，就连写作业的时候都想着吃冰激凌……

光阴似箭，一眨眼你就上大学了。上专业课的时候，你悄悄把手机藏在课本下面玩，老师布置的作业，你去网上东拼西凑抄了几段。

　　大二，你面临英语四级考试。你发誓说："从今天开始，我要认真地背单词，争取一次考过四级！"

　　回宿舍后，你拿着英语书正准备读，一个舍友对你说："嘿，咱们去操场打会儿球吧！"你立马合上课本，从桌子底下拿出篮球，笑着说："行啊，走，一会儿看我给你一个盖帽！"

　　一眨眼的工夫，你迎来了英语四级考试。这时你才发现，自己背的单词始终停留在第一页的第一个，不出预料，你又没考过。

　　回到家，父母问你怎么考试没考过，你说考试的时候生病了。妈妈焦急地问："要不要去医院做个身体检查？"你心虚地说："不用，不用，补充点营养就好了。"

　　第二天，妈妈起得特别早，去菜市场给你买了熬汤的骨头和最新鲜的蔬菜水果。可是吃饭的时候，你说汤太腻了，不想喝。

　　哦，你总是这样，做事不认真，时不时地撒点小谎，怕被责骂的时候就开始博取同情。

好吃、好玩地混了一段时间后，你开始迷茫了，甚至想要辍学。你觉得自己不是学习的料，想着是不是应该出去创业试一下。

可是，年轻人，既然感到迷茫，为什么不试着去改变一下自己的现状？为什么要朝秦暮楚，不专心致志地做好一件事呢？

2

究竟是什么时候，在成长的这条道路上，我们渐渐把自己曾拥有过最好的品质（专注）弄丢了？

当我们开始静下心来思考，当我们学会对每一件事都投以最大的热情，当我们学会全神贯注，我们的生活就会变得不一样。

《每日文娱播报》的记者在采访胡歌时，问他是否想过自导自演。

胡歌回答："没有。但我觉得，如果有一天我会做导演的话，我就安安静静地坐在导演椅上，我不会既做导演又当演员，因为我不具备这个能力。可能有些人可以，但是我觉得自己只能做好一件事。"

我们之所以喜欢胡歌，不仅仅是因为他的颜值，而是他能在每一部作品中努力演好自己饰演的角色，尽量塑造出最符合角色的形象——每一个眼神、每一个动作、每一句台词，都争取诠释得淋漓尽致。

这样的胡歌，怎能叫人不喜欢呢？

我想，以胡歌的能力绝对可以做到自导自演，只是他更谦虚、更专注。他说自己不具备这样的能力，我觉得是他还没有准备好去做这件事——如果去做的话，绝对不会比其他人差。

3

母亲酿的手工米酒很受顾客欢迎，品尝过的人都称赞此酒回味甘甜。母亲酿的酒之所以味道香甜，是因为她在酿酒的每一道工序中都专心致志。

酿酒选用的是家乡盛产的优质大米，蒸米、煮米的时候，无论是火候还是温度都把握得很好。最特别的是酿酒用的水不是普通的自来水，而是可以直接喝的井水。

这井水有种回甘的味道，这也是为什么用这种水泡茶会格外爽口。

我见过母亲最专注的模样就是酿酒，她系着围裙，在灶台前忙前忙后。她数年如一日地守在灶火前加柴减炭，酿酒的母亲像一个朴素的手工艺人，用一双手酿制出味道独特的酒。

这些年，很少见母亲把酒烧坏。

在乡下，有很多专注做一件事的叔叔阿姨，或烧制一道菜，或者去田里除草、收割稻谷，都能够专心致志，全神贯注。

其实，学习也是这样，需要全神贯注地学。做喜欢的事也一样，也需要像这样用心坚持下去。

4

二十岁之前，我做事常常是三分钟热度，直到我开始写文章想出版作品后，渐渐地，这种心愿迫使我无比专注地投入到阅读中、创作中去。

每当这时，我就会变成一块吸收知识的海绵宝宝，吸得越多，就积攒得越多，想要展现自我的感觉就越强烈。

张德芬在《遇见未知的自己》里写道："当你真心想要一样东西的时候，你身上散发出来的就是那种能量的振动频率，然后全宇宙就会联合起来，帮助你达到你想要的东西。"

当我能不受外界干扰，静下心来在键盘上敲下文字，这时的我就是专注的；

当我能连续一两个小时认真读完一本书，并思考与感受书中的故事，这时的我就是专注的；

当我能把写好的文章阅读几遍，纠正别字、增添删减，不厌其烦，这时的我就是专注的。

因为我的专注，渐渐地，我的读者越来越多，作品也获得了出版的机会。

后来，我终于明白，当你无比专注地去做某件事时，效果就会明显提高，那些你想要的、你渴望的就会与你不期而遇——当你无比专注地去付出时，不经意间，你就会邂逅那个更好的自己。

专注，就是你认真地做一件事，并一心一意地把它做好。

专注，是每个年轻人都该修炼的品质。

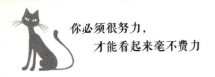

2. 你终将要与自己和解

1

我们每个人心里都住着一个小怪兽，你不知道它什么时候会跑出来撕咬你，让你痛不欲生。

有时候，我们越是挣扎，小怪兽就越闹腾，它不安分，你也不得安生。

随之而来的，是你陷入了坏情绪之中，你控制不住自己的坏脾气——愤怒、哭泣，与你亲近的人都觉得你不可理喻，对你不熟悉的人觉得你莫名其妙。

很多时候，你看不见小怪兽，可是你周围的人却能感受到它的存在，它的磁场很强大，喜欢吸收负能量。

不知道从什么时候开始，每到出现问题的时候，你变得喜欢找借口，喜欢逃避，你渐渐故步自封，不再积极向上地生活。

等到那一天，你终于可以安静地跟小怪兽好好待一会儿，你忽而发现，原来小怪兽也有那么安静的一面。你看着它，忽然觉得不生气的小怪兽原来也挺可爱的，你好像没有那么讨厌它了。

我想，看到这里，你已经猜到了那个小怪兽是谁了。

是呀，住在我们心里的小怪兽不是什么怪物，它就是我们内心最真实的自己。

2

每个人心里都住着一个自己，有时候就连你也感受不到它的存在。但是，我们不得不承认，它确实住在我们心里，与我们共享一具躯体：

你欢喜的时候，它分享你的欢喜；

你悲伤的时候，它试图安慰你、拥抱你；

你犯错的时候，它告诉你没关系，你可以得到原谅，你还有去改正的机会；

你消沉的时候，它告诉你不必害怕，该来的总会来，该过去的也会过去。

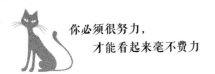

随着我们一天天长大，小怪兽也跟着一天天长大。有时候你会跟小怪兽争吵、置气，就连你自己都不曾察觉。

无论此时你在哪里或是在做什么，是快乐还是悲伤，你都应该给小怪兽一点时间，好好倾听它的声音。它会告诉你，你最真实的模样是什么，你真正喜欢的事物是什么，你为什么要努力，你想去拥抱什么样的生活。

这些事情你不用怀疑，你的小怪兽都知道，重要的是，你要学会去感知它的存在，好好疼爱它。

与自己的小怪兽和解，就是与自己和解。亲爱的，你要学会与自己握手言和。

3

从我们降临在这个世界的那一刻开始，我们就在扮演着各种角色。

幼儿时期，我们是子女；上学的时候，我们是学生；步入社会，我们是职场人士；有了子女后，我们是父母。

我们还可以是医生、音乐家、美术家、文学家、评论家、演员，是成功人士……在生活的这个大舞台里，我们每天都扮演着不同的角色，却忘了展示真实的自己。

如果每个人的人生都是一部早已设定好剧情的电视剧，那么，我们最容易犯的错就是妄图改变自己，想给自己加戏或减戏。

是呀，为什么不静下心来，扮演好自己的角色，做好眼前的每一件事呢？我们总是害怕自己虚度年华，却又忘了享受当下。

4

长大让我们变得心事重重，步入社会让我们感受到了理想与现实的差距。

我们害怕职场竞争的残酷，也怕自己不够努力，怕自己输得太惨，怕别人的眼光。于是，我们变得不够自信，变得缩手缩脚。

或许连我们自己也忘了，我们曾勇敢无畏过，也曾怀有童心，天真赤诚过。

那时的自己，对新鲜事物都抱着一份天真的好奇，愿意不计较任何得失地去学习。

生活就是这样，雨天过后总能迎来明媚的阳光。冬天走了，春天就来了，不论周遭怎样地变化，我只愿你能够做自己，倾听自己。

当你愿意心平气和地与自己的小怪兽好好对话时，你会发现，它身上自带的强大能量正是内心的能量，它身上也有吸收正能量的强大磁场。

当你开始学会理清身边的每一段关系，你会发现，原来生活可以很简单，做自己是一件美好的事。

张德芬在《遇见未知的自己》里写道："别为了那些不属于你的观众去演绎不擅长的人生。"

做自己才是最真实的人生，愿你与自己的小怪兽早日和解，也愿你早日活出自我。

3. 最重的是，你要成为你自己

1

看电影《阿甘正传》时，里面有一段对话令我至今难以忘怀：

"你以后想成为什么样的人？"

"什么意思，难道我以后就不能成为我自己了吗？"

诚然，阿甘这样的回答让人大吃一惊，为什么日后我们要成为像某某某一样的人，而不是活成自己。

电影为观众呈现出一个温暖而又精彩的故事。阿甘的智商只有75，在普通人眼里他就像个傻子，但他却有一位坚强的母亲——母亲常常鼓励阿甘：傻人有傻福，要自强不息。

在母亲的鼓励下，阿甘跟其他孩子一样去上学，并遇见了一生中最珍贵的朋友和挚爱珍妮。后来，他开始了自

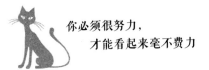

己的"飞毛腿"奔跑，自此成了橄榄球巨星、战争英雄、乒乓球外交使者、亿万富翁，并收获了自己的爱情。

那么，现实生活中呢？

我们不难发现，自己周围的绝大多数人都是普通人，虽然智商能超过 75，甚至一部分人的智商高于普通人，脑瓜特别聪明。可以说，绝大多数人生来就拥有比阿甘还要高的天赋，拥有比阿甘还要好的条件，可是后来呢？

也许你会说，电影不过为了演绎传奇，传奇只能是那千分之一。

可你为什么不相信，你也可以成为那千分之一，拥有一个灿烂而又温暖的人生呢？

2

在去西藏的路上，我认识了一位姑娘，她有着曼妙的身材，扎着高高的马尾，背着一个旅行包。她的皮肤很白，笑起来时有一对浅浅的梨涡，特别甜美。

那天，我在火车上觉得胃里一阵绞痛，就拿出随身携带的胃舒平，正当我抓起矿泉水准备服药时，坐在对面的姑娘关切地说："姐姐，你喝点热水吧，这是我的保温瓶——你放心，绝对没有毒药。"

我被她的玩笑逗笑了，接过她的热水，兑些矿泉水把那两片药服了下去。

女孩之间的熟悉感来得快，其间我们聊了起来，我才知道她有个好听的名字叫春阳。她出生时正值阳春三月，草长莺飞。母亲就给女儿取了这个名字，希望她一生温暖明媚。

春阳家住重庆，父亲是大学教授，母亲是文工团话剧演员。出生在这种家庭的姑娘，有点含着金钥匙长大的味道，按照大家的预想，春阳长大后要么会成为一个知识分子，要么会成为一个艺术家。然而，并没有。

就好像每个人都有自己的宿命，春阳性格活泼，胆大，注定是要跑四方的。大学毕业后，她没有去父母安排的公司工作，而是拿着平时的存款四处旅行。

西藏是春阳要去的第十三个地方，在这之前，她已经把祖国有名的山山水水看了个遍，西藏是她一直向往的地方。

那年微信还不流行，我和春阳互换了QQ，我用的手机还是老款诺基亚。

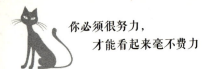
3

西藏之旅结束的第二年，春阳的 QQ 头像亮了。

"姐姐，你猜猜我现在在哪里？（坏笑）"

"我又不是你肚子里的蛔虫，猜不出来。（囧）"

"等等，我给你看一张照片。（微笑）"

照片发了过来，春阳一只手拿着粉笔，转过头看着台下的孩子微笑。

"姐姐，我在贵州山区的一所小学当志愿者，现在已经是第二年了，还有一年我就要离开贵州了，我很舍不得这些学生呢！"

那一刻，我的内心非常不平静，没有想到春阳真的成了一名五好青年，愿意把最美的青春奉献在贫瘠的山区和孩子期盼的眼光里，如此特立独行。

后来，我问春阳："难道你不怕爸妈的反对吗？"

春阳说："我当然取得了爸妈的支持。年轻，不就是应该活出自己喜欢的样子吗？"

我佩服像春阳这样的姑娘，在浮华尘世中不过分迷恋物质，而是保留一颗最质朴的心，做自己喜欢的事。

电影《阿甘正传》里有一句经典台词："生活就像一盒巧克力，你永远都不知道下一块会是什么味道。"怎样才能让生活多姿多彩呢？ 首先，你要成为你自己，然后才能活出自己的味道！

4. 过了玩的年纪，请好好积累你的实力

1

周末，正在上高中的表弟给我发来消息："表姐，自从上了高中以后，我发现课程的难度变高了。上初中的时候，好像只要认真一点，努力一点，就会取得好成绩。可现在我明明很努力了，还是看不到结果，我开始有些迷茫了。"

表弟今年刚上高一，除了要适应新环境、新同学、新老师带来的变化，还要适应课程难度的变化，处于过渡时

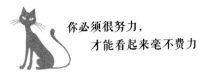
期，心理上自然会有不适感。

许多学生因为这种不适感，就早早放弃了坚持与努力，沉迷于游戏中不可自拔。更有一些处于叛逆期的学生，觉得亲人的劝解都是不理解自己。

可现实是，那些在中学时代就坚持努力并考上重点大学的同学，在毕业时拥有了更多的选择权。比如，同样是师范大学，重点大学的师范生毕业后，可以不用参加国家教师招考，可以有资格被一些重点小学或者中学签约任教，拥有事业编制；而普通大学毕业的师范生，只能参加竞争激烈的招聘考试。

中学时代，跟他们一样，我不明白每天做习题、备考到底是为了什么。直到大学毕业后我才明白，那些在中学时代就已经努力坚持的同学，在你纠结迷茫的时刻，人家已经早早积累了自己的实力。

从来没有什么天生实力惊人，有的不过是脚踏实地。

2

年少时，拥有一段感情便用尽全力去爱，好像只要彼此相爱就拥有了全世界。

叶子和苏辰就是这样的一对恋人。

叶子认识苏辰的那一年，高考刚结束，班级同学聚会上，因为嬉戏打闹，叶子不小心扭伤了脚，具有绅士风度的苏辰当即就送她去了医院。

叶子说，苏辰不仅带她去看了伤脚，还俘虏了她的心。她和苏辰的感情就是从那时开始的，一直坚持到大学毕业。

在叶子的世界里，男主角一直都是苏辰，而她最大的愿望就是毕业后嫁给他。

叶子心心念念地想着要嫁给苏辰，可结果事与愿违。就像《小时代》里说的那样：没有物质的爱情只是一盘散沙，都不用风吹，走几步就散了。

说好要结婚的叶子与苏辰，因为没房没车、没存款闹起了别扭。如果说他们两个还有什么，只有经历了时间的分分合合之后，还是想要牵起对方双手的真心。

可是，在现实面前，真心往往是苍白无力的，双方家长都不同意他们两个人交往，最后事情变成了悲剧。

毕业季也是分手季，因为两个人心里都有一些不能触碰的东西，于是彼此还是走到了分离的路口，你向左，我向右。

过了不用操心生活的年纪，哪怕是经营一段感情也是需要实力的。爱对方，不仅需要一颗真心，还需要能力。

3

有一位读者来信，她告诉我，她很喜欢阅读、写作，可是为什么她付出了那么多努力，出版社还是不愿意接收她的稿子。她经常阅读我的文章，觉得我写的文章也没有什么优美华丽的辞藻，为什么却出版成书了？

再后来，她把自己的作品发给我看。我一看，她写的都是些八卦内容，而且有些段落还有语句不通顺、表达不明确等问题。

之后，我建议她多看一些文学类的书籍，多积累一些优美的句子。可她却说那都是中学时代写作文的方法，现在已经过时了。

她找我讨论过几次，让我给她一些建议。可每次我给她提出建议，她又不屑一顾并且继续坚持原先的写作方法。到后来，她开始抱怨自己怀才不遇。

有句俗语说得好："是骡子是马，拉出来遛一遛就知道了。"她觉得自己怀才不遇，可她却没有认真去积累写作方面的素材，也没有认真向那些优秀作者请教写作方法。

出版一本书看似简单，但熟悉流程的人都知道，并不是只要你会写，你的作品就能出版——除了你的写作功底过硬外，还要看你策划的选题是否符合市场的需求。

想要出版作品，想写出被读者喜欢的文章，是需要一步一步来的。从最开始的大量阅读到有选择性的阅读，从积累佳句到自己选定主题练习，这是一个积累的过程。

厚积薄发，没有一定量的积累，哪儿能得到绽放的那一刻的美丽？

你要相信，生活里从来没有什么怀才不遇，如果你觉得自己总是怀才不遇，或许你应该好好检视一下自己，是不是基础本事情没有做好，也没有好好积累自己的实力。

4

过了年少轻狂喜欢玩耍的年纪，请好好积累你的实力。无论是感情生活，还是兴趣爱好，你想要好好持续下去，并让那些你所坚持的事物闪闪发亮，你就需要从零开

始积累。

或许你会说我已经老了，不如从前了；或许你还会说现在开始已经晚了。

我想，你说的这些是潜意识里不愿意去改变的借口。

其实，只要你想要改变，什么时候都不晚。

摩西奶奶年过七十岁才开始专注于绘画，八十岁时在纽约举办个人画展，一百岁时纽约州将她的生日命名为"Grandma Moses Day（摩西奶奶日）"。

从未接受过专业艺术培训的她，在二十多年的绘画生涯中创作了一千余幅作品。

就像摩西奶奶说的："有人总说已经晚了，实际上，现在追求就是最好的时光。对于一个真正有所追求的人来说，生命的每个时期都是年轻的、及时的。"

不要再给自己找借口，去做你想要做的、喜欢做的事情吧！

5. 照顾好自己，也是一种优秀的能力

1

最近，关于"第一批90后"的话题火了，比如：

有的90后已经谢顶了；有的90后已经出家了；有的90后已经离婚了……

作为一名90后，对这些话题我也感同身受。纵观90后的成长，几乎都是被贴着标签长大的，"非主流""缺乏责任感""任性"等。

不得不说，对于这种"被标签"，我们也很无奈。从这些热议话题中不难看出，90后似乎很令人忧心，于是"第一批中年少女"又火了。

据说，"中年少女"有以下几个特征：喜欢粉色，脱发，爱逛淘宝，开始养生，想跟小鲜肉谈恋爱。

前两年最火的莫过于"生活不止眼前的苟且，还有诗

和远方"，现在又变成了"生活不止眼前的枸杞，还有增发剂和秋裤"。"中年少女"的话题还没翻篇呢，"佛系少女"又开始引发热议——她们倡导"随缘""顺其自然""不动怒"等等。

热议话题自然是源源不断，但这些热议话题也反映了一个现实：作为一名90后，无论是健康状况还是工作能力，都令人质疑。

年轻人，你是否能经营好自己？

2

有人评价《三国演义》里的司马懿，说他打仗不如曹操，治国不如诸葛亮，识人不如刘备，谋略不如郭嘉、贾诩，勇武不如关羽、张飞，魅力不如孙策、周瑜……

总之，司马懿并不是最出色的那一个，但他却成了《三国演义》中最大的赢家。一个重要的原因是司马懿善于审时度势，再因为身体好活得长寿，他成了三国时期最大的潜力股，成了那匹黑马——一个人，活成了一支队伍。

看过这样一个小故事：

在招聘会上，有一名年轻人去面试，HR 问他有什么长处。

他说了自己的很多优点后，补充道："我的身体锻炼得很好。"当时，其他几个面试者都笑了，觉得他答非所问，可 HR 给他加了分。

许多人不以为然，身体好也算是一种长处吗？

其实，并不是所有人都有个健康的体魄，当你的亲人、朋友病故，当你被疾病缠绕，当许多健康问题向你袭来，难道你真不觉得身体好是一种了不起的资本吗？

3

之前我在一家茶企做编辑，有一段时间因为降温生病了——感冒加支气管炎，每晚咳嗽不止。最令人头疼的是由于气温太低，打点滴的时候手不仅肿了，还瘀青了好久。

那段时间，我的状态差到了极点。

因为心情糟糕，上司交代的任务我没有仔细看清楚，第二天与上司交流的时候心情低落，一时间个人情绪泛

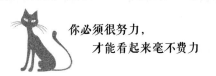

滥，就把上司惹生气了。

上司来了一句："你这个态度不适合工作，你先回家吧！"

就这样，我不得不与努力坚持了半年的工作说再见。再后来，等我想清楚——不就是身体欠佳导致情绪低落吗，回头给领导道个歉，这事也就翻篇了。

可我拨通领导电话后，他冷冷地说："你不能胜任这份工作。"我知道，一切已经不可挽回了。

或许生活中还有很多像我一样的人，因为生病或者其他问题影响了心情，从而在工作中被认为"能力不足""态度不对"，以致因此丢了工作。

对我们来说，身体好不仅是健康问题，还会影响我们生活的方方面面。照顾好自己，不仅是一种软实力，也是一种出色的自我管理能力。

4

其实，照顾好自己并不难，你可以这样做：

1.即使一个人也要好好吃饭，尽量定点一日三餐，好好爱自己的胃。

2. 早睡早起，坚持锻炼身体，保持高度自律的能力。

3. 不管是天晴还是下雨，包里都要带一把伞，因为不是每个人都能为你打伞。

4. 保持积极向上的心态，心若向阳，何惧悲伤？

就像苑子豪说的："不管昨晚你经历了怎样的撕心裂肺，早上醒来，这座城市依然车水马龙、人语喧嚣，没有人在意你失去了什么，没有人关心你快不快乐，这个世界不会为了任何人停下前进的步伐。辛酸就哭，累了就睡，撒不出气来就去大吃大喝。嗯，越是没人爱，就越是要好好爱自己。"

不要对自己漠不关心，好好爱自己，就像照顾恋人那般好好照顾自己。

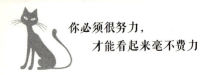
6. 你不需要活在别人的标准里

1

不知道你的身边是不是经常充斥着这样的话："她长得那么漂亮，一定整容了！""她都三十多岁了，看起来还那么年轻，一定是打了玻尿酸！""你看她一身名牌，说不定是被男人包养了！""她家庭条件不好，怎么还能用苹果手机，该不会是偷来的吧？""她每天都化妆，素颜一定很丑吧？"

柚子是我最近认识的一位朋友，她长得很耐看，虽然第一眼看上去没有美到令人惊艳的地步，却有独特的气韵。她总能在人群中保持着一份淡淡的疏离感，就那样，安安静静地做自己的事。

可是，最近柚子总是愁眉不展的。我在想她是不是失恋了，还没有来得及问呢，她倒率先告诉我了，说最近遇到了烦恼。这事吧，说大不大，说小也不小——她被身边的女性朋友冷落了。

柚子说："我们已经好几天没有说话了，其实我挺难受的，可能是因为太在乎吧。你说呢，对不对？"

作为一个倾听者，我静静地听柚子娓娓道来，她在叙述的过程中显得很平静，但不难听出她语气里夹杂着一股忧伤的味道。

原来，柚子被好朋友误解了，但无论她怎么解释，对方都不相信。

柚子说，无力辩解的滋味真的很无奈。

我也深有感触，女孩之间的友谊其实很脆弱，友谊的小船说翻就翻，撕破脸的时候一点情面都不留，弄得谁都很尴尬。

2

柚子是个很精致的女孩，懂得服装搭配，也会化精致的妆容。她说，她很喜欢一句话：十八岁以前你丑不是自己能决定的，十八岁以后你丑，那说明你真的懒。这个世

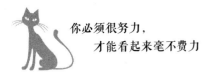
界上，没有丑女人，只有懒女人。

是啊，作为一个年轻女子，不要求你美得多么倾国倾城，但至少要衣着干净整洁，大方得体，给人一种清爽的味道。

况且，我也很赞同一句话：这个世界上，大概没有一个男人第一眼就能够通过你邋遢的外表看到你的内在美，尽管你真的是一个很有内涵的女人。

我不认为女孩一定要美得像个花瓶一样令人赏心悦目，但至少不能不修边幅。

柚子的家庭条件一般，比起身边的朋友甚至还要差许多，她出生在农村却看不出一点土气，行为举止也落落大方。

柚子告诉我，上大学的时候，父母给她的生活费只够吃饭，她想要买点喜欢的东西，就只能自己去挣钱——她做过康师傅冰红茶饮料的促销员，做过中学生的家教，还做过礼仪小姐。

她告诉我，一开始写稿子的稿费确实不高，后来自己开了公众号，每个月也能收到好几百元的粉丝打赏。

虽然柚子的男朋友也愿意给她花钱，但她还是更愿意花自己挣的钱。柚子用自己挣的钱买东西，穿喜欢的衣服，在饮食方面也不会亏待自己。

柚子有胃病，她知道，如果紧紧巴巴地为节省几元饭钱，那么胃病犯的时候她就要去医院花掉好几百元——比起饭钱，她更心疼那本来不该花的医药费。

从来没有平白无故的光鲜亮丽，背后都是不为人知的艰辛。

3

我很欣赏这种姑娘，即使生活残酷，也能够活得热气腾腾；即使条件不好，她们也能想尽办法爱自己。

这样的姑娘，心里装着阳光，所以温暖明媚，能在平淡如水的生活中保持一份诗意。

有人说，这世界根本没有所谓的感同身受，你不是我，怎知我的心酸和委屈？怎知我走过的路、遇见的泥泞？怎知我是怎样摔倒，又含着泪爬起来的？

但是，我能够理解柚子。当我用自己挣的钱买漂亮衣服，想更从容自信地走在人群中，总会听见那样的声音："看她，又来买新衣服，她怎么那么爱攀比？""她的家

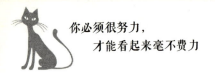

庭条件不好，怎么还用苹果手机！"

就是这些闲言碎语，有时候总是轻而易举地让你疼到心里去。

当你什么都不去解释，别人觉得你虚伪、做作。当你去解释时，别人又心生嫉妒。这时候，你只能什么都不做，唯有相信时间会让真相浮出水面。

4

不要害怕自己追求美丽会被别人妒忌，不要害怕做自己会没有朋友，不要害怕流言蜚语，因为公道自在人心。

我很喜欢这段话：姑娘，愿你有高跟鞋也有跑鞋，喝茶也喝酒；愿你对过往的一切情深义重，但从不回头；愿你特别美丽，特别平静，特别凶狠也特别温柔。

我想，每一个姑娘都可以活出最真实、最洒脱的自己。而我也相信那句话：当我足够好，终将遇见你。

从现在开始，请你调整好自己的心态，活出那份从容淡定，活出那份温暖善意。

7. 那把解决问题的钥匙在你手心里

1

"你有没有吃一碗牛肉面吃到泪流满面？"招娣这么问的时候，我正在跟一帮朋友玩一种叫"干瞪眼"的纸牌。

猴子说："吃一碗面就能吃到哭，说明面太好吃了。"

招娣打趣他说："猴子，你眼里难道只有吃了吗？"

猴子点点头说："是啊，是啊。我爷爷在世的时候经常说，人生在世，吃穿二字。"

一帮朋友忍不住爆笑，对猴子这种天生自带的乐观心态佩服不已。

如果说猴子是来搞笑的，那么，作为猴子的女王大人——招娣，就是专门戳人泪点的。

招娣在一家广告公司当策划经理，她说自己还是小职员时有过一段凄惨的岁月。之所以用"凄惨"二字来形容，

是因为真的很惨，惨到好不容易交了房租，身上却只剩下二十元，工资还有半个月才发——这逼着招娣要用这点钱度过两个星期。

当然，二十元在猴子这个吃货眼里就是一顿牛肉配饭加一碗小菜汤，但招娣竟用这钱撑过了两个星期。

那一刻，招娣不知道是该哭还是该笑，总之，那种心情真像是打翻了五味瓶一样，什么味道都有。

2

招娣刚从试用期转正明明是一件高兴的事，却赶上父亲心肌梗塞意外去世。当时她在外地工作，租了一间屋子，跟房东软磨硬泡，对方看她一个刚毕业的小姑娘不容易才答应让她一个月交一次房租，还押了一个月的租金。

招娣匆忙赶回家的时候，父亲已经没有了呼吸，母亲悲伤过度差点昏厥，还有一个正在念高中的弟弟在一旁哭得撕心裂肺。那种状况，就别说什么男儿有泪不轻弹了。

招娣跟母亲一起料理了父亲的后事。家里原本就有债务，弟弟又在念书，情况着实不好，实在拿不出多余的钱贴补招娣。

招娣临走前，母亲硬塞给她一百元，她最后还是狠下心来把那一百元塞给了弟弟。接着钱的那一刻，弟弟满眼泪光地说："姐，我一定会好好读书，以后让你和妈过上好日子。"

跟公司请了一星期的假，工作自然是耽搁了不少，心情差到极点却也不能在工作时间表现出来。招娣续交了一个月的房租后，兜里就真的只剩下二十元了。

好在公司提供一顿中餐，但是要用二十元维持两个星期的早餐和晚餐简直太拮据了。一块五可以买两个馒头，那两周，招娣早上吃一个，放在保温盒里晚上蘸着麻酱再吃一个。比起饿着，有馒头吃真的已经很幸福了。

招娣说，是那些辛苦的日子让她后来明白了，没有什么问题是解决不了的，再难的事也会有冰雪消融的时刻。

3

那段时间，招娣把悲痛都发泄到了工作上，她从来没有那么拼命地工作过。还好，这种发泄是正能量的。

公司要拍一条广告，预约的模特因为天冷耍大牌，导致活动无法进行。

那是一条睡衣广告，拍摄本来没有什么难度，只要模特穿着公司旗下品牌的睡衣在 T 台走上几场，样片就能完成了。可是，偏偏那几天气温太低，天气冷得穿加厚羽绒服都不够——给模特准备的睡衣是冰丝的，换谁穿上，都会冻得瑟瑟发抖。

招娣脸蛋漂亮，身材火辣，当然，工作不是只凭外貌就可以的，除了能力之外还需要一点敢拼的精神——无奈之下，她只好硬着头皮上场了。

拥有 34C 胸围的招娣穿上那薄薄的睡衣，加上性感的身材一点也不输模特。最后，问题解决了，招娣却得了重感冒。

猴子就是在那次拍广告的时候认识招娣的，他作为副编导对招娣一见倾心。猴子说，当时招娣坚定地对导演说让她试试，他好像从招娣脸上看见了光——快要看破红尘的猴子，内心忽然有了人间烟火的味道。

招娣在猴子心中如女王一般强大，似披星戴月又似披荆斩棘，那种拼命的精神，任何一个男人看了都会心动，更何况，招娣还是一个大美女。

4

那天拍完广告后，招娣又饿又冷。猴子看着在一旁冻得发抖的姑娘，开口问："要不要跟我去吃个消夜？"那时的招娣，似乎没有什么拒绝的理由。

猴子和招娣面对面坐着，当招娣面前放着一碗店老板端来的热气腾腾的牛肉面时，她吃了一口，眼泪就掉了下来。

猴子开始还以为这姑娘是不是受了什么委屈，结果招娣说："我父亲前不久刚刚过世，我连续一个星期的晚上只吃一个馒头……"猴子听了，他的眼睛也有些红了。

狠下心来，敢拼的精神让招娣成了被上司赏识的职员。她绝处逢生，华丽逆袭，加上做的广告策划确实可行，年终总结会时，她还被公司评选为优秀员工。

招娣越做越好，直到坐上了策划经理的职位。

现在，她再也不用担心交不了房租、吃不上晚餐，下个月她就要跟猴子订婚了。

生活就是这样，那些你看似无解的题，有时就是需要

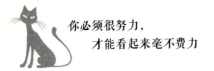
对自己狠一点、拼一点，那样就迎刃而解了。当然，其中的艰辛，也是如人饮水，冷暖自知。

花朵拼命绽放后，才会更加芳香吧！

5

电视节目《开讲啦》曾请过一位特别的开讲嘉宾——董明珠。

"中国制造承担着责任和义务，我们要让全世界了解中国。"

我被董明珠的这句话震撼了，不仅因为她才思敏捷和强大的气场，更惊叹于，只要身边的人一谈及董明珠这个名字，我们就会立刻想到格力空调，就像说起马云就会想到阿里巴巴，说起俞洪敏就会想到新东方这么自然。

节目里，董明珠穿一袭长裙，身材匀称，姿态端庄，脸蛋瘦削却看不出苍老的痕迹，很难想象这样一位优雅的女士已过花甲之年。除却她女性的身份，她不比任何一位纵横商场、叱咤风云的男子缺少气魄。

在节目里，董明珠讲她当时应聘格力电器的职务，只是一名普通的业务员。她刚上班的时候，就遇见了一个很大的问题——上任业务员留下了一笔四十多万元的债务。

很多人对她说：你别去追了，那笔债务跟你没有什么关系。

她却说，既然我是格力的员工，就要对企业负责。于是，那一笔四十多万元的债务，她一追就是四十多天，天天堵在那个客户家门口，客户去哪儿她就跟到哪儿。

后来，成功解决问题的那一刻，她哭了。她说，追债太难了。

格力电器在二十年间从两万台做到四千万台，从两千万元做到一千亿元的成绩，也不只是因为董明珠一个人，而是所有员工都对自己狠，都愿意努力解决每一个问题，把产品越做越好，让"中国制造"也能走向"中国质造"，完成从生产到品质的提升。

生活就是这样，它给我们出了一个又一个难题。有时候，我们好像被逼到了绝境，无处可走。可是，"天无绝人之路"这句话并不是没有道理，但凡问题总会有解决的办法，而解决问题的钥匙，一直都握在你的手心里，只是有时候你看不见而已。

8. 与优秀的人为伍，你也会变得优秀

1

直到大学毕业以后，我才深刻意识到，原来，优秀是一种可贵的品质。

彼时，我一边挣扎着早起，一边想着："今天到底穿哪一套衣服，涂哪个颜色的唇膏才好？"而在我纠结的那一刻，室友早已用清水抹了一把脸，出去吃早餐了。

那几天，我的心情格外烦躁。

我跟朋友抱怨，我的室友真的好烦，只顾自己学习，都不管别人是不是在休息，她已经严重影响到了我的睡眠，我都失眠好几天了！

我以为我的抱怨会换取朋友的安慰，结果不是。朋友反问我："十三夜，你室友的作息时间是什么时候？"

我想了一下，回答："早上七点起，晚上十点睡。"

朋友笑笑说："十三夜，你现在有两个选择：要么你去跟她协商，让她起晚一点；要么你就起得比她早。我们上班族六点半就要起床，你已经很幸福了。"

想想不用戴线帽子，不用暖宝宝就可以过完冬天的云南，那一瞬间，我不由得从心里升起一丝惭愧之情。原来，我在为自己的拖延找借口，还把气撒到了别人头上。

2

我们身边总是有那么一群人，看不得别人努力，或者害怕别人看到自己努力，于是表面上总装作什么都不懂，别人请教问题时总是藏着掖着，生怕自己被人比下去——但业绩出来时，他的得分居然总是最高的。

这样的结果，会让朋友怎样想？同事怎么想？

当今社会，竞争无处不在，如果你不努力、不上进，随时都有可能被别人比下去，你身边的每一个人都是你的竞争对手，甚至是你的劲敌。

有时候，令你艳羡的不是这样的人有很多，而是这些人就在你的身边，随时提醒你：噢，其实是你自己很 low。

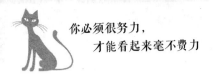

可怕的是，你还想为自己辩白，还想为自己的不努力找借口。

当你不够漂亮，不够聪明，也不够勤奋的时候，你是否想过：别人样样都比你好，是因为他们愿意改变自己——制定目标并付诸行动。

3

经常听到这样一句话：与优秀的人为伍，渐渐地，你也会变得优秀。

从小学到大学，我们一直羡慕那些学习尖子，甚至对"学霸"二字稍微还有那么一点嘲讽的味道。只不过，你有没有想过，其实生活很公平，但凡你还没有拥有或者你比别人落后，在一定程度上说明了问题在你自己，而不在别人身上。

但是，生活中哪有那么多的天才。那些很优秀的人，无非是比一般人更懂得利用时间，耐得住寂寞，拒绝得了诱惑。更可贵的是，他们身上还有一种与自己死磕到底的精神。

186

这就如同读书，要拼数量更要拼质量，读几十部网络言情小说，不如读十本名著更有意义。

如果你用对了方法还没有获得成绩，那就说明你积累的还不够，是你还不能在一遍又一遍的重复练习中总结到经验，找到规律，提高效率。

那就继续努力！

4

以前上学的时候总是想不通，为什么我们非要按照那张课程表来学习，在学习的时候还要日积月累，一步一个脚印的来？

那些先获得生活善待的人总是会说：我只是运气好而已。

亲爱的，如果你还相信所谓的运气就是自己哪天突然人品爆发了，那么你真的还未意识到：越努力越幸运。

所谓好运气，那都是建立在努力之上的。

甜蜜的结果固然令人向往，可是在此之前，努力拼搏的过程不是更美好吗？

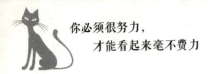
如果你不曾真正制定一个目标，一步步地努力，那你就不会懂得：为什么我们大学毕业了还要学习？为什么我们一生都需要学习？

当学习从单纯的书本知识涵盖到生活的方方面面时，你才会明白：学习本身就是一种精神——在坚持中磨炼自己的意志，在努力中发现更好的自己，在与自己死磕到底时克服自己的惰性。

我们都需要一种"与自己死磕到底的精神"，不用怀疑，其实，你本可以比现在还优秀。

9.大学四年，该如何提升自己

1

最近，有许多即将步入大学校园的年轻读者向我请教：上大学要注意哪些问题？

没有想太多，我就脱口而出："好好照顾自己。"

别看这句话很简单，像父母或朋友的叮嘱，但是第一次离家，学会照顾自己还真的是一门必修课，除了预防生病以外，如何在大学里健康快乐地成长也很重要。

作为一个大学刚毕业不久的人，我想以师姐的身份跟你们聊聊。

是的，就算我所说的这些你不能完全做到，但只要做到了一半，想必在你即将度过的四年时光里，对你来说也能有所帮助。如果你完全领会了我的意思，那么你很幸运，毕业的时候你一定会比我好很多。

还是那句话，与其混吃等死，不如提高自己的能力。

2

学好专业，不要应付了事。

无论你大学毕业后从事什么工作，大部分用人单位都喜欢用两种人，一种是专业人员，一种是技术人员。所以，你还以为学好专业没有用吗？

也许你选择的专业不是自己最喜欢的，但你要明白，这份专业能够让你学习新的知识。当你毕业后，你的学

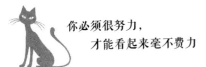
历、学位都能帮你获得面试机会，否则你连人家的大门都进不了。

别问为什么，资格不够呀！所以，即便你毕业后从事着与自己专业无关的工作，如果你没有相应的学历证书，公司也不会考虑你。

无论你学的是医学专业，还是法律专业，这将与你日后的生活息息相关。把专业学好是你的本事之一，所以不要敷衍了事，不以为然。

3

尝试培养一种兴趣，并坚持下去。

很多事物你不去尝试的话，又怎么会知道自己喜不喜欢呢？如果你没有完全地了解，怎么去判定它到底好不好呢？所以，你要勇于尝试那些新鲜事物，就如同你此刻看到这篇文章时，知道我是一名作家——但是你不知道，我刚上大学时就开始尝试写作了。

你没有看错，大学以前我只会写作文，而且我的作文水平一般。上大学以后我参加了文学社团，参加了征文比

赛，为学校文学期刊撰稿。起初，我写文章是被动的，渐
渐地，我发现写作是一件开心的事，我可以用文字来表达
自己的心情，传递自己的思想。

进入大学以后，你可以尝试参加一些社团和学校组织
的活动，只有自己去体验了，才会知道自己感不感兴趣。

4

积极锻炼身体，努力修炼自己。

不要因为自己刚从高中过渡到大学，再也没有老师每
天像父母一样盯着你，就像刚从笼子里放出来的小鸟一样
到处乱飞。记住，太任性是要付出代价的。

我不希望你大学四年后，知识没学到多少，人倒是胖
了不少，还养成了许多恶习。这四年里，不管你多想偷懒，
还是希望你每天至少抽出半个小时锻炼身体，慢跑、打球、
做瑜伽、跳舞都不错，总之，你要为自己的健康负责。

这四年里，你有足够的时间来学习如何穿衣打扮，特
别是女孩，美丽精致是一生的必修课。你的形象很重要，
不要奢望你的男神透过你随意的外在看到你的内在美。

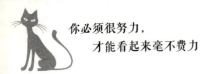
5

坚持阅读，学习做读书笔记。

除了专业课以外，一年下来连一本课外书都没有看过的人，人家可能会觉得你像是外星人。

当然，我说的阅读不是碎片化阅读，而是深度阅读——不能说刷刷微博，刷刷微信，看看新闻网页就是阅读了。

你需要好好把一本书耐心地读下去，把好词好句摘抄下来并去思考好在哪里。

6

学会存钱，体验兼职。

大学四年，每个月父母都会给你固定的生活费。家庭条件好点的，除了正常开支以外，可以把多余的零花钱存起来；家庭条件稍差的，可以利用课外时间去做兼职，哪怕一个月存上一两百元，四年下来也是一笔不小的数字了。

这些钱存起来可以以备不时之需，也可以拿来做旅游经费。特别是大学毕业后，工作还不稳定，你可能要面临租房的问题。如果工作了，需要买正装、工勤包等，此时手头有点钱，不至于再向父母开口。

兼职可以感受到挣钱的不容易，能知道生活的不易，了解父母挣钱的辛苦，如此也能学会节制。

愿你珍惜时间，不要虚度时光；愿你回首时光，没有辜负自己。

10.愿你能够成为你想要成为的自己

1

露露是我在现实生活中见过最漂亮的姑娘，但她虽然天生丽质，却不励志。不过，后来她活得很励志，无论怎

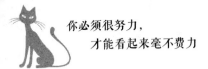

么看都很美，挑不出任何缺点。

我认识露露的时候，她还只是一个长发及腰、不施粉黛的小姑娘，是男生心目中的沈佳宜——男同学见到她，都恨不得变成电影里的柯景腾跟她谈一场浪漫的恋爱。

但凡这样样貌出众的姑娘，不了解她的人或许会觉得她很花心，因为她的追求者实在太多了。但我是她的闺密，所以我知道她不是那样的姑娘。

相反，我从来没有见过像她那样专情的姑娘。尽管我知道很多男生都想做她的备胎，但她是不会给他们机会的。因为，她很清楚自己要什么，而且她也不喜欢暧昧。

可是，谁能够想到，像她这样一个漂亮的姑娘，居然交了一个不怎样的男朋友。

什么叫不怎么样？

就是长得不怎么帅，最多看得过去吧；也不是什么富二代，工作能力也一般。总之，没有什么特别出众的地方，就是两个字：一般。

更奇葩的是，男朋友居然还经常打击露露，嫌她这也不好，那也不好的。要说露露有什么不完美的话，那就是她的身高——一米六，没有完美女神的大长腿。

2

露露打电话给我，说男朋友跟她提出了分手。

我一下子惊呆了，脱口而出："你这么好，到底哪里不入他的眼了？"

随着露露的叙述，事情的点滴渐渐清晰毕现。露露说，尽管她全心全意地为男朋友付出，可是他还是觉得她不够漂亮，也不够性感。

"性感？你是个乖乖女，干吗要打扮得性感？"

露露说，在男友心中，总是觉得那些会打扮的女孩比较漂亮，而且每次她跟他一起出去玩的时候，他的眼睛总是忍不住往那些所谓性感、妖娆的美女身上看。

尽管这样，露露也觉得没啥关系，男人本来就是视觉动物，喜欢一切美的事物很正常。

我知道，并不是露露不在乎，只是她不想去计较。可是，再宽容的人也是有底线的，她从来没有想过，有次男朋友不带她参加朋友的聚会居然会这样说："你怎么这么矮？每次想带你出去都觉得丢脸！"

我不知道露露男朋友怎么想的,我只想说,一米六的女孩并不算矮,况且露露还长得那么漂亮。

露露说,那一天她强忍着眼泪,纵使再伤心也不愿意在他面前落泪——就算她哭了,他也不会怜惜。

后来我才知道,原来露露喜欢他,是因为他的阳光开朗,可这些并不能说明他有教养——有哪个男生会当着女孩的面,更何况还是女朋友的面直接挖苦她呢?这样的男生不是心直口快,而是缺乏对人最基本的尊重。

3

再次见到露露的时候,简直惊艳了我——她留着干练的短发,穿着十厘米的高跟鞋,脸上化着精致的妆容,怎么看都有一种高冷的味道。如果不是她说话还是一如既往的温柔,我都怀疑她受什么刺激了,但我不得不承认,现在的她更美了。

她除了变得更加美丽之外,还告诉了我一个好消息:"阿夜,我终于通过司法考试了。"

我赶紧说:"恭喜你呀,未来的女法官。"

她却沉默了很久不说话，我问："你怎么不说话呀，是不是有什么心事？"

她说："我听说了很多谣言，有人说我通过司法考试是因为我长得好看，运气好而已。"

我一听就生气了，立马说："那就让她们羡慕嫉妒恨去吧！你跟她们说，让她们去韩国整个容再回来参加司法考试，看看这样是不是就考上了？"

露露被我逗笑了："谢谢你，还是你最懂我。"

"你是什么样的人，别人不清楚，我还能不清楚吗？"

像露露这样的女孩，温柔的外表下有着一颗强大的心。她可是一个为了看起来更瘦一点，能坚持几年都不吃一包薯片的姑娘，也是一个为了让自己看上去更有精神，一直坚持长跑的姑娘。

先不说她顺利通过了司法考试，高考的时候也一样。那时我和她在一个班，她每天早上都要比别人早起半个小时背单词，晚上多做几道数学题。她的好成绩就是这么一点点坚持奋斗来的，看似简单却足够坚韧。

准备司法考试的时候，她起得比在高三时还要早，有时候害怕自己打瞌睡就喝咖啡提神。那段时间，她推掉了所有聚会，也不去逛街，每天都在跟厚厚的书本做斗争。

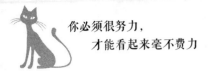
就这样，她靠着自己的坚持，牺牲了许多原本可以虚度的时间，终于换来了一张通行证。

4

是啊，那些不了解她的人，还以为她的成功只是因为她拥有一张高颜值的脸，而不是通过奋斗什么的。

露露说，她终于明白了一个道理：这个世界也许会因为你有一张出众的脸多给你一些机会，可如果你不努力，你永远都只能当花瓶而不是艺术品——花瓶是用来观赏的，而艺术品是用来收藏的。

哪个有能力的女孩，不渴望自己能够被欣赏、被收藏呢？

后来，我听说露露的前男友后悔极了，因为他见到了蜕变后的露露——她穿着高跟鞋，涂着大红唇膏，冷艳如同一只妖娆的蝴蝶从他身边走过时，他终于知道自己失去了什么。

可是，那又怎样呢？他和露露再也回不去了，露露曾经迁就他、包容他，只是他真的不配。

　　如果你遇到了一个温柔而善良的姑娘，请你一定要善待她，因为那时的她也许真的不会打扮，不够性感，可她却有一颗真诚待你的心；

　　如果你遇到了一个高冷而美艳的姑娘，你不用惊叹她的美丽，因为她的美丽背后是你看不到的努力，也许在她高冷的表情之下，藏着一颗受伤的心需要你去治愈。

　　这个世界就是这样，很多人都认为漂亮的人靠的是运气，丑的人靠的是努力。其实，那些漂亮的人未必不够努力，而长得丑的人也有好吃懒做还一脸骄傲样子的。

　　不管你是什么样的人，愿你都能够奋斗成为自己想要成为的人。

第五章

相信自己，可以过上更好的生活

总有一段路需要你一个人去走，总有一段时光需要你熬过去，所以你不必害怕，努力提高自我，让你的内心充满阳光，充满力量。

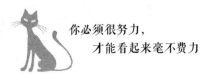

1. 好的生活，都是从苦里一个人熬出来的

1

凌晨打开微博，看到粉丝给我的留言：亲爱的十三姐，你喜欢现在的生活吗？

我想都没想就脱口而出："喜欢，但我相信还会有更好的生活。"

我的童年是在乡下度过的，那时候，我每天最喜欢做的事就是和小伙伴去河里捉鱼，去油菜地打猪草，吃过晚饭一起去玩过家家、捉萤火虫。

农村的月亮看起来又大又圆，村里的夜路从来不会让人害怕。我的家是青瓦片、红砖墙，院子是石头堆砌的，家里养着几头猪、几只鸡，唯一的交通工具是一辆二手摩托车。

哪怕十几年过去了，我还记得母亲学骑摩托车时因为油门加大了，整个人一下子飞了出去——她学摩托车，是为了去赶集的时候能少走一点路。

我不知道母亲哪里生出那么大的勇气，纵使被摔也没抱怨过一句疼。我心里明白，她只是希望生活好一点而已。

2

由于房顶瓦片搭得不好，雨天总是会漏雨。家里没有上天花板，总会有小虫子掉在我身上引起过敏。我没有自己的房间，每天晚上睡觉都和母亲、妹妹挤在一张床上。

那时家里没有网络，村子到县城的柏油路没有修好，隧道还没有挖通，去县城读书回家要坐五六个小时的车。

那时候，我对生活最大的愿望就是有自己的房间，房间有天花板，如果能有一张柔软的床和一个毛绒玩具那就更好了。

后来因为成绩好，我到城里去念书。五年级那一年，母亲外出打工被骗了钱，又生了重病，在亲戚的帮衬下，东拼西凑了一些钱才做完手术。

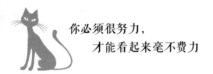

我和妹妹周末轮流寄宿在亲戚家，那时我俩总是被嫌弃，被赶来赶去的。

妹妹眼睛里总是含着泪光，我摸摸她的头，温柔地说："玲玲，你别哭，还有姐姐呢。我们长大以后生活就会好的。"

3

那时，我从未想过会离开小县城去大城市生活。在年幼的我看来，被寄宿在亲戚家是要看人脸色的，但没有钱更是可怕的，母亲那一次差点因为错过手术治疗时间而发生生命危险。

我的童年总是被贫穷、自卑紧紧包围着，念中学的时候，我因为爸妈要求申请贫困补助跟他们大吵了一架，甚至不想去上课了。不知道为什么，当时我竟然那么敏感。

每到开学的前几天，同学们都能及时交学费、书本费。而我呢，母亲总是告诉我，看看能不能申请一下贫困补助，或者这几天跟哪个亲戚借一借。

在我心里，生活是可怕的，不知道什么时候才会好。

当时，我对生活最大的愿望就是长大后自己能挣钱，有自己的房子，不用看谁的脸色过日子。

4

渐渐地，我才明白母亲支撑一个家庭何其艰辛——养育两个女儿又要操持生活，家里时常入不敷出，母亲经常东拼西凑才能维持正常的生活。

我的青春期与母亲之间总是充满火药味，每到夜里，我总是一个人躲在被窝里悄悄流眼泪，我不知道为什么自己的亲生母亲竟不能够理解我。

幸运的是，母亲从未只为换取几万元的彩礼费，让我在小小的年纪就出嫁。她总是对我说："你要好好念书，你的日子是过给你自己的。"

后来，母亲的米酒生意越来越好，生活有了保障。大学以后，家里也翻修过一次。而我呢，在大学期间写作挣稿费，帮出版公司做选题策划，有时候为了一个策划案要看几十本同类书籍的目录，为了赶一篇稿子不敢出去逛街、看电影，也不敢去约会。业余时间看一看优秀文章的

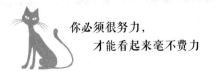

分析总结，然后根据我的生活经历，构思叙述一些故事。

那一年，我不敢谈恋爱，除了上专业课就是泡在图书馆里。到了周末就去做家教，一个小时五十元，或去超市做促销员，一个小时十元，要从早站到晚，自己解决吃饭问题。腿疼的时候，能疼上一两天。

每次想哭的时候，总是把眼泪忍回去，告诉自己：生活不会永远这样难下去。

5

许多朋友问我："你喜欢现在的生活吗？"

我没有任何犹豫，回答："喜欢。"

这一年，我终于有勇气离开村子，离开那个小县城，离开贫瘠的物质与思想。

我工作的地方在高高的写字楼里，绿植清新，皮质座椅让我很舒服。我住在市中心，邻居都很友好，有时间我就买些菜，自己做一顿丰盛的晚餐。

生活无非就是对自己好一点——我上下班一个来回要花两个小时在路上，遇到加班，经常十一点才回到家。抓着睡前的几十分钟，打开电子书架看上几十页书，然后在温暖的被窝里睡去。

生活无非就是对自己狠一点，不要害怕吃苦——生病的时候，我一个人去医院排队挂号，一个人打吊瓶，因为没人陪，再困也不敢睡去。

生活中，大部分都是一些难熬的时光，但你不能因为辛苦就轻易放弃，因为更好的生活在后面，你不去努力就无法拥抱它。

但凡好的生活，都是一个人从苦里熬出来的。生活中，我们会面临许多辛苦，挺过去就是晴天。

2. 哪怕对生活失望，也不要失去信心

1

我相信，你在步入大学校园的那一刻，对未来还是充满希望的。

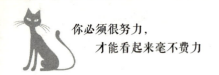

不过，从节奏紧张、课业繁重的高中生活过渡到象牙塔，不少学生放低了对自己的要求，学习不再是真正探讨知识的学科，反而成了应付差事。

拿着父母给的生活费，不是想着把钱消费在与学习相关的地方，而是拿去买品牌衣服、化妆品，还有学生把钱用来买礼物讨女友欢心。

专业课迟到、旷课成了家常便饭，选修课成了吃零食、聊天的最佳地点，空气清新的早晨没有用来早读、锻炼身体，而是呼呼大睡增加肥肉。

一个又一个学期过去了，还是没有考取英语四六级的相关证书。你一边虚度着好时光，一边嘴里说要努力，却从未开始行动。

其实，我举的这几个例子就像病症一样，令人想要早早除之，却因懒怠而无动于衷。

2

那时的你，总觉得时间还有很多，可是那些白白浪费的时间却不会等你。当你回首那四年的时光，无论你再怎么遗憾也回不去了。

毕业以后，最可怕的不是理想与现实之间遥远的距离，而是你对自己失去了信心。

当你一次又一次地备考失败，当你从事着与专业、兴趣无关的工作，当你找了几份工作还是忍不住辞了职，当你面对复杂的人际关系时……你需要面对的不止这些，但是这些已经足够令你头痛了。

我想，我可以想象到你的模样——人前欢喜，人后悲伤。

其实，你也怕一个人的生活，因为真的很累；你也怕一个人走夜路，因为真的很黑。你会羡慕那些光鲜靓丽的人，你也希望自己可以活得更体面、更舒服。

但面对看起来灰头土脸的自己，你觉得自己很无用。这种感觉无时无刻不敲打着你的心，令你心生恐惧。

3

从前作为子女，再作为学生，你的身边总有许多人替你负重前行——你看似轻松自如的生活，背后总有太多爱

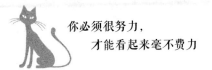

你的人为你撑起一片天。

这个世界上，有很多比你优秀的人比你还要努力，而且这样的人从来不会少。不过，你也不必过分贬低自己，觉得自己什么都不行。

那些深爱我们的人，都希望我们一点点茁壮成长，然后独自飞翔，飞向属于我们自己的蓝天。只是太多家境普通，既不能拼父母，更不能拼社会关系的年轻人，确实要面对残酷的现实。

生活给我们出了一道道难题，或许你还没有认识到这些困难只是短暂的，是可以克服的，所以，你不要过早去否定自己。

其实，每个人的独立之路都需要过渡期，这段时间你会觉得很难受，内心也会感到煎熬。但是，这并不可怕，因为你会越来越坚强，你的生活也会越来越好。

村上春树在《世界尽头与冷酷仙境》里说："要自信，只要自信就无所畏惧。愉快的回忆、倾心于人的往事、哭泣的场景、儿童时代、将来的计划、心爱的音乐——什么都可以，只要这一类在头脑中穿梭不息，就没有什么可怕的。"

从现在开始，专注当下，珍惜时间。

我们通常都有一个毛病，就是过度担心——怕这怕那的。不过，有时候太过小心翼翼反而放不开自己。

正因为年轻，所以不要害怕犯错，你要让每一次犯错都成为自己成长的催化剂，你要在犯错中减少失误，从而少犯错，避免犯错。

专注眼前，专心做好每一件小事。

4

很喜欢最近热播的一部日剧《校对女孩河野悦子》。悦子一心想要成为景凡社的一名时尚杂志编辑，却误打误撞成了一名校对人员。不过，悦子并没有因为从事着并不理想的工作，就放弃对工作的认真态度。

悦子每天上班都穿着漂亮的衣服，化着精致的妆容，力求对校对的每一部作品都做到用词准确，叙述内容符合逻辑与事实。她在校对工作中渐渐成长，也用自己的专注与认真一点点感染着身边的每一个人。

有时候，你如果选择不了自己的现状，但至少可以选择自己的态度。你的态度，决定着你对事物的看法，影响

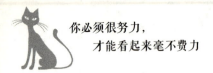

着你的行动。

十二在《不畏将来不念过去》里说，每个人的一生就像冲浪一样，迎着风浪才能踏浪而行，越躲闪，越是发现海浪会铺天盖地地打下来。

所以，你不必对未来畏惧，也不要对自己失去信心，认真做好眼前事，去规划自己的生活，列出自己的愿望清单，一步一步去实现。

你可以对生活失望，但请不要绝望；你可以对自己失意，但请不要失去信心。希望你勇敢面对生活的每一道难题，并活出最真实的自我。

愿你与自己想要的生活早点相遇。

3. 努力，只是不想过低配的人生

1

对于文字，我一直保持最虔诚的姿态。我喜欢写作，无关金钱，而是在写作的过程中，我学会了思考和总结。

或许是年岁增长，我不敢再随意下笔了。敲下这篇文章时，我正在丽江束河古镇的一家客栈里。我第一次来丽江是在大三的时候，那时身边还有一个他，我们带着悸动与甜蜜，以为牵了手就是一辈子。

这一次我来丽江是因为工作，跟同事一起来调研学习体验。此时，同一个地方却已经换了两种心境，就如闺密所说——我好像活成了自己笔下的女主角。

或许，在他们眼中我的生活很精彩，但我知道所有光鲜靓丽的背后，是含着眼泪的努力与付出。

2

每天，我都最早来到公司，但你可能想不到，我住的地方离公司有一个小时的车程。我早上六点半起床，吃完早餐，带上笔记本乘坐 61 路公交车。

在偌大的昆明城里，我并没有多少朋友，没有人知道我是一个从小城镇里走出来的女孩，不能靠亲朋好友帮忙，只能凭自己的简历找份工作。

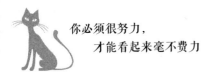
有读者时常问我："阿夜，你那么优秀，为什么还要去工作？"

我也无数次问自己，为什么要走进职场，而不是在房间里安安静静码字？许多人好像也是这么认为的，作家本来就已经是一份很好的职业了，为什么还要再选择另外一种生活方式。

因为我明白，没有脚踏实地，何以仰望星空！

我一直认为自己是一个平凡的女孩，我会为了生活去付出很多。

3

或许是我骨子里有一股倔强的劲儿，所以我一直努力向前，哪怕跌得很痛的时候，我还是告诉自己：你不要退缩，要咬着牙往前走，你只有往前走，才能看到无限的可能！

一个人生活，我学会了照顾好自己。不管天晴还是下雨，我永远都带着一把雨伞和一件外套；下班回去的时候，我会买应季的蔬菜，自己做饭吃。

听说，许多年轻人都挺害怕孤独的，但我却觉得一个人的生活挺好。

无论何时何地，作为一个女孩，你要保持最美丽、最优雅的姿态，年轻人真的需要奋斗！

这个世界并没有那种所谓的轻松生活，你渴望的、期待的，需要自己一点点去实现。

4

不知道你是如何争取想要的生活的，反正我是为了一份月薪三千元的工作付出了十个小时，甚至牺牲了午休的时间，还有上下班需要的两个小时车程。

有人说，一个女孩子为什么要这么拼？当然，我也相信自己是那种一篇千字稿就能挣一百元的人，可我花费了那么多时间，辛苦工作了一天才挣一百元——我选择工作，是因为工作能体现我的个人价值。

我不知道其他人是怎么衡量价值的，但我知道，有些你想学习的东西，比如职场经验，如何积累人脉以及老板的做事风格等，这些东西的价值远远超过一百元。公司最

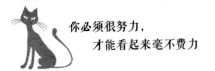
大的好处在于，它为你提供了一个与世界对接的平台，在这个平台里，你可以尽情施展自己的才华。

女孩有一份工作真的太重要了，它可以让你更好地生活，让你发现一个不一样的自己——你可以凭自己的努力来生活，理直气壮！

5

一个人努力打拼是什么滋味？大概就是你一个人活得像一支队伍，在不同的角色里认真做自己。

偶尔我也会有迷茫的时刻，也会觉得不开心，一个人躲在被窝里哭。但我知道，只要天亮了，崭新的一天就开始了。

所以说，不管昨天我经历了什么，不管昨天的我是进步还是退步，在天亮的那一刻，已经是新的开始了。

少女时代的我，总以为会遇见一个很好的人，他会是你的依靠，会是你坚强的后盾。等到真正成长以后，我才明白，无论你是单身还是恋爱，永远都不要忘了好好经营自己。

你要相信，你就是自己最大的依靠、最坚强的后盾。你不需要靠谁来给什么，你要相信，自己可以过上高配的人生，可以选择爱人，也可以选择生活。

不要害怕一个人会有多辛苦，辛苦是人生的常态，有意义的是你在辛苦里尝到了甜的滋味。而下一站，你会遇见那个更好的自己。

4. 在残酷的生活里拥有一颗坚韧的心

1

刚抵达东南亚异国小镇的时候，就一个字：热！

我穿着高领白色毛衣，外披一件绿色毛呢短外套，同事则穿一件灰蓝色长款针织衫。我们两人拎着大包小包，拖着行李箱，已经顾不得周围穿着短袖、拖鞋对汗流浃背的我们投来好奇眼光的当地人。

原以为出国是一件轻松愉快的事，却没想到一路上灰

头土脸，落魄至极。还好同事在老挝做过两年交换生，语言交流无障碍，这让语言不通的我松了一口气。

一开始，我想象的东南亚风情是各色美食、逛不完的夜市和琳琅满目的水果……但现实是，街边摆摊的商贩少得可怜，只有一些煮米干（类似中国卷粉的小吃）、酱油炒饭和烧烤之类的小摊，于是我仰天长叹：理想很丰满，现实很骨感！

晚上回到酒店，浑身无力，脑子里只剩下一个字：饿！

那一瞬间，我特别怀念国内的煮饺子、煮面条，还有云南过桥米线……饿得不行，只好抓起一包老挝友人给的零食，狼吞虎咽地往嘴里塞，哪里顾得上什么淑女不淑女的。

不管在什么环境之下，能把自己的胃填饱，就是一种了不起的能力。

看着我狼吞虎咽的样子，同事说："谁让你吃饭的时候不多吃点，难怪你饿成这样！"

我只好说："下次我多吃点饭。"

2

因是出差的缘故，BOSS给了我们每人一天十五元（人民币）餐费补贴，为了省钱，我们几个同事约着一起买菜做饭。

走了半个多小时，我累得气喘吁吁，终于见到了传说中的菜市场——菜品还算多，有老挝本地种的菜，也有从中国运过来的各色蔬菜。

走到肉类的摊位，看到老板都用塑料袋套在一根棍子上驱赶苍蝇蚊虫。因为老挝属于热带地区，温度很高，所以肉类特别容易招蚊蝇，还很容易变质。

自打我看见生肉，尤其是动物的内脏之后，一到吃饭的时候，看见肉就觉得难以下咽——其实也不是肉的问题，就是过不了心里那道坎儿。

在高温地区生活必须要补充蛋白质，而肉类是补充蛋白质最好的食物，如果长久不吃肉，就会出现营养不良、体虚乏力的症状。差不多三四天以后，我才敢开始吃点肉，而且还用了很多辅料一起炒。

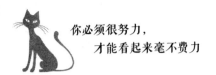

到了一个环境艰苦的地方，适应饮食也是一个艰难的过程，我必须要克服内心的不适感。

当你开始有勇气去克服那些不适感时，你会发现自己变得更坚强了。

每个人对环境的适应能力都不一样，有的人需要很长一段时间，有的人几天就适应了。无论需要多少时间，当你能够一点点克服不适感时，你就已经快挑战成功了。

3

中学时特别喜欢《老人与海》的故事：老人一连两个多月都没有捕到一条鱼，在快要放弃的时候钓到了一条大马林鱼。那不是一条普通的鱼，它比老人的船还要大，老人拖着鱼在海上漂流了整整两天两夜，历经种种斗争以后，终于把鱼刺死，拴在船头。

可没想到的是，老人居然遇见了鲨鱼。为了保住自己钓的鱼，老人只好与鲨鱼搏斗。搏斗过程中，鱼被鲨鱼吃光了，只剩下一副鱼骨架。可即便是鱼骨架，老人也没有放弃这条得来不易的鱼，最后他竟然战胜了鲨鱼。

老人这种锲而不舍的精神令读者为之动容，我最喜欢书中的这句话："现在不是想你什么东西没带来的时候，要想一想用你现有的东西可以做的事吧。"

　　在生活中，我们总能遇见各种不顺心的事，但越是艰难的时刻，就越要打起精神来。

　　比如，失恋以后从此一蹶不振；被上司批评了就郁郁寡欢；找工作碰壁就怨天尤人……其实，生活的很多不如意都是自找的，如果我们暂时不能改变现状，就只能改变心态，调整情绪。

　　当你拥有一颗坚韧的心时，你会发现，很多事情并不像想象中的那么悲观。大多时候，你觉着生活残酷只是因为自己太脆弱，以至于不能承受太多压力。

　　与其坐在那里唉声叹气，不如给予自己信心，坚持做好每一件事。

　　拥有一颗坚韧的心，未必就是让你无坚不摧，而是在面对生活中的起起落落时，能够拥有一个从容的心态，坦然对之。就像中学时代，我们学的那句古诗：不经一番寒彻骨，怎得梅花扑鼻香。

　　生活越是让你感到艰难，你就越要打败它。

5. 看穿生活的残酷之后，依旧热气腾腾

1

闺密小 W 发来红包的时候，上面写着："宝贝，生日快乐。"

我打开一看，十元七角，虽然不多，但数字足够特别。让我惊喜的是，她还记得我的生日，尽管她现在的工作很忙。

不知道为什么，对于小 W 的祝福我觉得很感动。你认识的朋友很多，但心里有你的却不多，更别提那些能够在特殊日子里想起你，就算不能经常陪伴你，只要你一有困难就在第一时间帮助你的朋友。这是多么可贵啊！

她问我，最近在哪里，过得怎么样？

我回答说，在家准备写作素材。

接着，她说，有时候她也想辞职去做点别的事情，感觉现在的自己就那样一天天老去了。

生活总是这样，把人逼得无路可退。

2

小 W 刚参加工作不久，在市里一家公立中学当老师。每天早上六点起床，晚上查房以后还要备课到凌晨一点钟，觉不够睡是常事。

当然，这些辛苦只是冰山一角，我看她朋友圈的最新动态是一张图片：黑板上写满了全班同学的名字，中间写着六个大字："W 老师，对不起！"

是啊，这群学生惹她生气了。

那一天，小 W 准备开班会，已经走进教室二十多分钟了，可这群学生依旧静不下来。她没有发火，只是拔下 U 盘转身走了——也可以说，她是被学生气走的。

后来，全班学生向小 W 道歉，她很是动容。

她刚刚教书，毕竟经验有限，学生在一点点成长，老师也得跟着一点点成长，还要比学生成长得更快，成为学生避风遮雨的港湾。有时候学生可以随意闹情绪，但老师

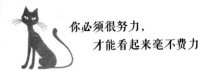

有了情绪却只能尽量克制。

这就是成人与孩子的差别，孩子出错了可以由大人买单，即使犯错了也有大人保护。可成人出错了，就只能自己买单，自己承认错误，自己负责。

3

小W第一次给我过生日是五年前的事了，那时我刚满十七岁，离高考只差几个月，整天忙得焦头烂额。

小W是我们一群人中的学霸，每次模考的时候都是文科前十名，数学试卷永远都是及格以上。

满分一百五十分的数学试卷，我总是徘徊在六十分左右，就连及格线都够不着。

小W优秀也勤奋，却总是埋怨自己不够瘦。再优秀的女孩子，也有自己的小烦恼，她也不例外。

高考的结果出来了，小W考上了省内最好的师范学校，毕业后不用参加考试直接签了家乡市里的中学，成为一名光荣的人民教师。

学校里，有老教师劝小W，说教育工作看着很体面，实际上很辛苦，趁着年轻赶快离开教师岗位。

小 W 打电话询问我的意见，我告诉她，可以先工作一两年看看，不能因为任性就辞职。

为什么我不劝她辞去工作呢？因为我知道她的父母不希望她去外省打拼，在家乡的小城里没有任性的理由。生活就是这么残酷，你每个月领着几千元工资，却要承受几千元之外的辛苦。

这就是别人说的"你所谓的稳定，不过是在浪费生命"。在我看来，教师是最值得尊敬而又有意义的一份工作了，它承载的是无数孩子的希望和内心最真实的渴望，容不得你随手写下几个洋洋洒洒的大字——"世界那么大，我想去看看"，然后 say goodbye！

前段时间，枫先生向我抱怨当医生太辛苦了，工作时间长，休息时间少。他开玩笑说，如果能像我一样会写文章，那么他一天只用工作四个小时——早上两个小时，晚上两个小时，白天可以做自己想做的事。

我告诉他，自由职业者哪有这么容易。像他说的那种情况，除非是很出名的作者，拿着很高的稿酬，出版的书都是畅销书。否则，你就是憋一年写出来一本书，出版后不畅销，也拿不了多少稿酬。

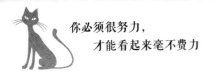

现实就是这么残酷，就是这么赤裸裸地打你几个耳光，不见响，却早已疼得你泪流满面。

4

微博有一条热搜是"大学毕业一年后你的样子"，看得我内心有说不出的忧伤。

在大学里就整天念叨着，想早点走出校园去闯一番自己的天地。当我们一不小心步入了社会，原来渴望的梦想在生活面前被摔得粉碎，疼的时候就不敢说疼了。

运气好的人，能找到一份体面的工作；运气不好的人，要么赋闲在家，要么找一份自己不喜欢的工作养活自己，要么不停地换工作。渐渐地，我们再也不敢说出心里最想说出的话，也不敢再任性了。

没想到，就连大学时学习偷懒的我，现在毕业了居然不敢再偷懒。准备考资格证时，每天认真备考、听课、做题，也不敢睡懒觉。因为我知道，现在一偷懒，以后连不偷懒的机会都没有了，我不敢再任性妄为。

生活把我们的棱角慢慢磨平，曾经热血滚烫的梦也只能小心翼翼地珍藏起来，努力期待有一天还能圆梦。也许你不知道，年轻时坚持梦想的模样，真的很美好——挺住了，就是一切。

不管此时的你正在做什么，学着慢慢热爱它吧！那些你想要的，或许很多年后它就来了呢。

6. 先谋生，再谋理想

1

大学毕业聚会上，同学带来一个小学妹，样貌不错，歌唱得也好听。相熟以后，学妹告诉我，她的理想是成为一名歌手，希望自己有一天能够站在诸如《中国好声音》之类的选秀舞台上。

想起学妹在聚会上为我们唱的那首歌，我相信，这样有理想的姑娘，只要努力再加上一点好运气，定能如愿以偿！

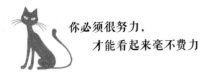
可后来同学告诉我，学妹没有通过升学考试，本该读大三的她被学校通知要再读一次大二。

细问之下才知道，原来学妹的心思不在学习上，为了练习唱歌，她老是旷课，该修的学分也没修满，经常挂科补考。为去参加一些歌唱类的比赛，学妹还把一学期的生活费都花光了。没办法，父母只好东拼西凑给学妹凑够了生活费。

学妹出生在农村，家庭条件不是特别好，为了能够供她读大学，父母每天早出晚归。父亲还去工地做兼职，为的就是能多贴补一些她的生活费。

有一次，学妹和母亲因为参加歌唱比赛的事争吵了起来，听说母亲还被她气得住进了医院。

学妹一心想着去追求自己的理想，可她却忘了自己能上大学的机会多么来之不易。

父母不让学妹勤工俭学，只希望她能认真读书，毕业后找一份好工作，过上轻松、幸福的生活。可学妹呢，竟然把父母对她的爱当作是理所当然的。

其实，那些你原以为轻松的事情，都是因为背后爱你的人在为你遮风挡雨。

2

曾听到过这样一句话："做人如果没梦想，那跟咸鱼有什么分别？"

不少年轻人听到这句话后，发誓要去追求自己的梦想。可他们却连基本的事情都做不好，甚至连独立生存的能力都没有，还怎么去追求梦想？

我工作以后认识了一个叫梅梅的姑娘，一来二去也算比较了解，每次只要朋友聚会都能听到她的抱怨。

她说很讨厌现在的工作，常常加班没有自己的时间，经常在朋友圈可怜兮兮地发一些类似"你见过凌晨四点的昆明吗？"的内容，看起来无比励志。

后来，了解梅梅的同事偷偷告诉我，她加班并不是因为任务繁重，而是她做事太马虎，就连做一份数据报表的日期都能出错，主管只好让她留下来加班修正自己的错误。

有一回，梅梅对我说，她不想做办公室的工作，想要转行去当销售员。她觉得销售才是最适合自己的工作，不

仅能够锻炼自己的表达能力，还能结交一些人脉。

毕竟年轻，换工作也不是件难事，没过多久，梅梅就找到了一份销售的工作。可是，她在朋友圈又开始发各种负能量了：

销售的底薪太低了，还不如以前的工作；

每天风吹日晒，我的皮肤都晒黑了；

怎么会有那么多挑三拣四的客户，我也是醉了……

结果销售的工作没做两个月，梅梅又想换工作了。

想要更好的工作、更好的生活，这些都没有错，可是如果一份工作做不好，可能是不适合自己，连着好几份工作都做不好，真的是不适合自己吗？

3

生活中有很多追求理想的人，他们宣称只要坚持住，就一定能够实现。可现实却是，如果不曾脚踏实地，又何以仰望星空？

追求理想并不是说说而已，而是要拿出实际行动的。

去年，一位朋友告诉我，她考上研究生了。那一瞬间，高兴的不仅是她，就连我也默默地祝福，她没有辜负自己的努力。

其实，朋友当年参加高考时没有考好，只考上了专科学校。当她的同学在忙着毕业、实习的时候，她在准备"专升本"的考试，连续几个月的精心复习，让她终于获得了本科学历。

本科快要毕业的时候，她告诉我，她觉得"专升本"的文凭好像没有普通本科的过硬，于是她决定考研。

那些日子她省吃俭用，一边锻炼身体，每天早早地起来跑步，然后开始一整天的复习计划。她就那样坚持了一年，直到收到考上研究生的消息。

其实，很多时候，追求理想的前提是，你要坚定一个目标并为之努力，不怕一路艰辛，知道自己想要什么、要做什么。

4

当你羡慕那些高学历的同学时，请你看一看自己在睡懒觉、无所事事的时刻，他们却在争分夺命地复习功课。

当你羡慕那些找到好工作的朋友时，请你看一看他们为了一份工作付出怎样的坚持与努力。

当你厌倦朝九晚五的工作，羡慕那些自由职业者时，请你看一看自由职业者比常人更加自律的精神，他们坚持了你不曾坚持的，也坚持了那些你说想要坚持的。

你总是羡慕这个、羡慕那个，却忘了自己连自己都难以养活。

你说想要更好的一切，可是你从来没有行动过。那些看似普通的事情，比如认真学习、努力工作，你都不屑一顾，总是期待着说走就走的旅行，期待着诗与远方——你期待着所有美好的事物，却连最简单的事情都没有做好。

龙应台在《亲爱的安德烈》里说："我也要求你读书用功，不是因为我要你跟别人比成就，而是因为，我希望你将来会拥有选择的权利，选择有意义、有时间的工作，而不是被迫谋生。"所以，养活理想之前先养活自己，这样做是为了有更多选择的权利，努力是为了能去坚持自己所热爱的一切。

在你信誓旦旦声称追求自己的理想之前，请先问问自己：能不能养活自己？如果不能，请记住：先谋生，再谋理想。

7. 你之所以迷茫，是因为行动力不强

1

收到朋友小优的信息："阿夜，最近我感到很迷茫，不知道怎么办才好！"

我打了一行字过去："怎么了，是有什么不开心的事吗？"

她告诉我，最近她去见了几个相亲对象，本来大家聊得好好的，可是最后对方都因她的体重望而却步了。

小优今年二十四岁，身高一米六，体重却飙到了七十公斤，衣服得穿加大号。

其实，她也知道自己胖，常常跟我说："阿夜，我好迷茫呀！我下定决心去减肥，不然我这辈子都嫁不出去了！"说完，她又拿起桌子上的薯片吃了起来。

看着小优满脸的痘痘，我有点心疼她，忍不住劝道：

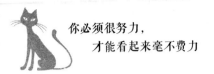

"你要多吃点蔬菜水果，多喝点温开水，少吃点炸鸡块、炸薯条这些高热量的食物。"

"阿夜，就一次，再吃一次，吃完我就减肥，明天早上七点我就起床去跑步！"小优这么说的时候，瞬间我就不知道该说什么好了。

不知道你身边是不是也有像小优一样的姑娘，她们总是说自己很迷茫，说自己要减肥，要戒掉高热量的食物。可事实上呢，她们只是说说而已，从来没有开始行动过。

你是不是也有这样的缺点，总是说"从明天开始我就……"，却从未真正迈出过一步。

2

石田淳在《从行动开始——自我管理的科学》一书中写道："在我们的人生中，能够真正导出结果的只有行动。而不采取任何行动，只在头脑中反复思考'必须拥有更坚强的意志'之类毫无意义的事情却是人类最大的特点。不管是工作还是生活，帮助我们取得成功的并非意志，而是行动。"

年轻人都渴望拥有一切想要的东西，嘴里总是嚷嚷着要努力，实际上却从未真正努力过。

木子最近很迷茫，她对我说："我好像喜欢上了一个人，所以我从来没有这么迷茫过。"

我问她："你迷茫什么，对方知道你喜欢他这件事吗？"

木子看着我，摇了摇头。

我恨恨地说："那你迷茫个鬼？至少你也要有所行动，让对方知道你的存在，知道你很喜欢他啊！"

木子咬着嘴唇说："天啊，我是一个姑娘，怎么可以那么不矜持？"

难道这就是传说中的聊天终结者？

你喜欢一个人却不敢告诉他，你只是嘴上说你很喜欢他——对于这份喜欢，你从未真正行动过。

3

学生时代的大鹏一直是家长和老师眼中的优等生，大学毕业后，他开始纠结是选择留在大城市还是回小城镇。

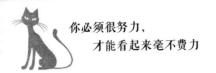
他说："我一直想创业，想奋斗出一份属于自己的事业，可父母却希望我回家乡考公务员。我从来没有这么迷茫过，不知道要怎么选择。"

我问道："哪种生活不都是生活吗？为什么不下定决心踏踏实实地工作呢？"

大鹏说："可是去大城市成就一番属于自己的事业，是我的梦想啊！"

我坚定地回答他："既然有梦想，那就努力去实现！"

大鹏的目光暗淡下来，若有所思地说："可是，我爸妈……"

时间都是在犹豫不决间溜走的，你设想了无数种方案，却从没有做成过一件事。金兰都在《因为痛，所以叫青春》里说："因为看不清，因为对未来一无所知，所以时时感到迷茫和恐惧。"

与其犹豫不决，不如早早下定决心。

4

丘吉尔从小就有口吃的毛病，上学的时候他学习成绩很差，老师和同学总是对他投来异样的眼光，不过丘吉尔对此并不在乎。

有一天，老师发现丘吉尔上课走神，就生气地问他："丘吉尔，你在干什么？"

可是，丘吉尔正沉浸在自己的世界里，没有听到老师叫他。于是，老师更加生气了，他走到丘吉尔面前，拍着桌子说："丘吉尔，如果你还不回答我的问题，我就把你赶出去！"

丘吉尔被吓了一跳，但还是什么都没说。老师发怒了，大喊道："你把你父亲的脸都丢光了，将来你只能做个可怜的寄生虫！"

"不，我、我、我要做个……做个……演讲、讲、讲家。"丘吉尔话还没说完，全班同学就哄笑了起来。好几个同学都笑话他说："你连话都说不利索，还想当演讲家，别做白日梦了！"

丘吉尔听到这些嘲笑很难过，他很想辩解几句，可自己什么话也说不出来。于是，那堂课就在大家的哄笑声中结束了。

虽然没有人相信丘吉尔，但他并没有因此而放弃自己的梦想，而是回到家对着镜子一遍又一遍地练习，直到能

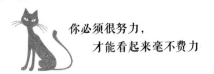
完整地说出一个连贯的句子。后来，他还背诵了大量著名的演讲词。终于，功夫不负有心人，他取得了极大的进步，克服了口吃的毛病。

有缺陷的丘吉尔尚且能够为自己的梦想付出行动，更何况健康的你我呢？

当你开始为自己热爱的梦想和生活踏出第一步时，你会发现：生活从来没有那么多的迷茫——你之所以感到彷徨，是因为你举棋不定，从来没有付出过任何行动。

想要拥有什么生活，与之对应的就需要付出相应的努力。年轻人没有什么好迷茫的，从现在开始，为热爱的事业迈出你的第一步。

8. 每一个认真生活的人都会被世界温柔相待

1

大学毕业一年后，一路过五关斩六将，我终于在一家私企获得了一个职位。工作的内容不复杂，主要是整理资料，为公司的公众号撰写并推送文章。

那时的我初生牛犊不怕虎，怎么说自己也有好几年的写作功底，平时又热爱阅读，心想应该能够轻松胜任这份工作，所以在后来的工作中就有些粗心。

公众号文章推送的选题，主要涉及普洱茶文化和其他茶类文化的相关知识，对于一个进公司前几乎不接触茶文化的新人来说，算是一个挑战。公司的产业链涉及茶艺师培训，所以每天在开班之前，都要推送一篇招生简章，开班后还要同步跟进报道相关资讯。

入职不久后，我接到了一项任务，领导让我跟进一篇中高级茶艺师开班培训报道。当然，作为新人，除了完成相应的工作任务之外，还要补习大量的相关知识。

那段时间我工作压力大，再加上琐事繁杂，写文章时总是心烦意乱，不能控制自己的情绪。于是，我便把开班时间 10 号写成了 20 号，几个同事审阅文章也没发现这个小错误，便将文章推送出去了。

一个星期后，上课的学员发现了这个失误，打电话向 BOSS 投诉。第二天开会，一向很少训人的 BOSS 在会议上点名批评了我，并对我进行了相应的惩罚。

那时候，我才明白自己犯了多么严重的错误。

BOSS 生气地说："这么低级的错误你也会犯，作为新人，工作态度竟然这么不认真，你再这样下去，去到任何一个地方上司都不会喜欢你！"

2

我被 BOSS 批评后并不觉得多委屈，只是心底油然升起一种从没有过的羞耻感。平日里认真对待事情的我，是在哪一刻开始放松了自己？

生活的定律并不难，就是两个字：认真！正所谓，失之毫厘，差之千里。

东汉时期，有一个少年名叫陈蕃，他自命不凡，一心只想干大事业。有一天，朋友薛勤到他家拜访，看到他家里脏乱不堪，忍不住说："孺子何不洒扫以待宾客？"

陈蕃却说："大丈夫处世，当扫天下，安事一屋？"薛勤当即反问道："一屋不扫，何以扫天下？"陈蕃听了，竟无言以对。

像陈蕃这样心怀天下固然没错，但他没有意识到"扫

天下"也包含"扫一屋"，如果连"扫一屋"都做不到，
更别说"扫天下"了！

认真是一种态度，哪怕一件微小的事情也要认真对
待，正如古人所说："勿以善小而不为，勿以恶小而为
之。"一个人对待小事的认真程度，不仅决定了他的胸
怀、见识，也决定了他将来的作为。

3

爷爷在世的时候给我讲过一个小故事：

从前有一个小和尚，他每天的任务就是按时撞钟。过
了几个月，住持觉得小和尚不能胜任撞钟的工作，就让他
到后院劈柴挑水。

小和尚听了很不服气，就问住持："师父，我撞的钟
难道不准时、不响亮吗？"

住持耐心地告诉小和尚："你撞的钟虽然很准时，但
是钟声空乏疲软，没有号召力。撞钟的目的是要唤醒沉迷
的众生，而我却没有听到这样的声音。"

小和尚只是"当一天和尚撞一天钟"，并没有把"唤

醒众生"当作自己的职责。所以，同一件事，认真和不认真是两种截然不同的态度。

任何一件事，无论它有多么艰难，只要你全力以赴就能化难为易。所谓认真，就是你用生命、用全部的热情，坚持不懈地去做一件事。

戏剧家斯坦尼斯拉夫斯基说："没有认真地劳动，即使是有才华的人也会变成绣花枕头。"每一个认真生活的人，都会被世界温柔相待，希望你也是这样的人。

9. 最好的安全感，是自己给的

1

在现实生活中，我们会因为各种事物而感到不安，比如恋人和你说话的语气越来越冷淡，曾经与你形影不离的闺密的问候变少了，领导开始批评你，七大姑八大姨开始催着你相亲——渐渐地，这些生活琐事让我们觉得恐惧不安，开始越来越不自信。

对于安全感，有的人选择积极面对，有的人期待别人的宽慰，有的人放着问题不管，待时间将问题冲淡便不了了之。

但是，逃避根本解决不了任何问题，安全感也不是别人给的。想要克服对未知生活的恐惧，最有效的办法就是让自己变得强大，自己给自己安全感——不念过去，不惧将来。

电视剧《我的前半生》中，罗子君处处提防老公陈俊生身边出现年轻貌美的女人，没有一丝安全感。结婚前，陈俊生曾承诺会照顾罗子君一辈子，但当罗子君越发缺乏安全感和独立能力后，他开始嫌弃自己的糟糠之妻，欣赏自信、经济独立的凌玲，甚至决定为她离婚。

看到这里时，许多网友发送弹幕："子君，快跟渣男离婚吧！"然而，罗子君却低声下气地乞求陈俊生回心转意，因为她害怕一个人的生活，害怕承担生活的压力。但是，她越害怕就越没有自信，陈俊生就越想离婚。

而离婚后的罗子君发现，原来安全感不是爱人给予的，而是自己给自己的，她可以上班挣钱养活自己和儿子。此后，罗子君充满了自信，也重新获得了幸福。

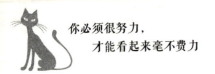

不过，现实生活不是电视剧，它比电视剧要残酷得多。假如你人到中年跟老公离婚了，不但很难在职场上谋得一席之地，还可能被无数有激情的年轻人比下去——你的体力、脑力大不如前，能否胜任一份工作你自己心里都会打鼓。

2

有句话是这么说的："靠山山会倒，靠人人会跑。"你要明白，这个世界没有永远的避风港，只有你才能成为自己的依靠。期待谁都不如用心地经营自己，坚定自己的内心，做一个精神丰满的人。

有的女人总是想着让老公挣钱养家，自己负责貌美如花。可是，再美的容颜也会有老去的一天，以色事他人，能有几时好？

有的女人不出去工作跟父母同吃同住，靠父母养活自己，但这样就意味着要听从父母的安排，不能遵从自己内心的选择。

当你将安全感建立在他人的身上时，你就失去了选择自由的权利；当你遭遇不顺又无可奈何时，你就会无力还击。所以，千万不要指望从他人身上获取安全感，因为别人对你的宠爱随时都可以收回。

安全感终究是需要自己获取的，即使面对挫折也能从容淡定。

3

有的人说："我害怕一个人生活，害怕一个人逛街、吃饭，最害怕一个人对着自己不知道该说些什么。"每个人都会经历孤独，这是你成长的必经之路，只有与孤独握手言和以后，你才会发现，它会成为你独一无二的财富。

《你要去相信，没有到不了的明天》中说："与其担心未来，不如现在好好努力，这条路上，只有奋斗才能给你安全感。不要轻易把梦想寄托在某个人身上，也不要太在乎身旁的耳语，因为未来是你自己的，只有你能给自己最大的安全感。别忘了答应自己要做的事，别忘记了自己想去的地方，不管那有多难，有多远。"

你想要什么，就要自己去挣什么！

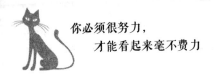

　　想要事业有所成就，就要更努力地工作；想要好身材，就要加强锻炼。你的每一次行动，都能让自己真切地感受到改变，知道自己在不断变得强大。

　　在漫长的人生旅途中，底气是自由选择的唯一后盾，安全感始终只能来自自己。我们要靠自己的力量面对挫折，支撑自己熬过一个又一个难关，不再犹豫真心错付，不必担忧容颜易老，不去畏惧重新出发。

　　无论何时，你都要坚信：生活中的安全感是自己给自己的。做一个精神独立的女人，追求进步、充实自我，在等待岁月洗礼的过程中，依然保持优雅和独特。

　　如果你现在还过着伸手要钱的生活，那么你永远都拥有不了真正的安全感。你将安全感全都寄托在他人身上，一旦跟这样的"前半生"说再见，你将会一无所有。所以，要将爱和希望寄托在自己身上，让自己有独立生活的能力，无论发生什么事你都有勇气去面对！

　　总有一段路需要你一个人去走，总有一段时光需要你去熬。所以，你要努力提高自我，让你的内心充满阳光，充满力量。

　　你可以成为自己的靠山，也可以给自己满满的安全感！